LA FURIEUSE

DE LA MÊME AUTEURE

CHEZ SABINE WESPIESER ÉDITEUR

BOLÉRO
2003

UN CERTAIN FELLONI
2004

LA PETITE TROTTEUSE
2005 ; Folio, 2007

LE CANAPÉ ROUGE
2007 ; Folio, 2009

SUR LE SABLE
2009 ; Folio, 2010

NINA PAR HASARD
2010 ; Folio, 2011
(Le Seuil, 2001, pour la première édition)

UN LAC IMMENSE ET BLANC
2011 ; Folio, 2013

VICTOR DOJLIDA, UNE VIE DANS L'OMBRE
2013 ; Folio, 2014
(Noésis, 2001, pour la première édition)

ÉCOUTE LA PLUIE
2013 ; Folio, 2014

CHEMINS
2015 ; Folio, 2017

CHÈRE BRIGANDE (LETTRE À MARION DU FAOUËT)
2017

RENDEZ-VOUS À PARME
2019

TABLEAU NOIR
2020

(Suite en fin de volume)

MICHÈLE LESBRE

LA FURIEUSE

RIVES ET DÉRIVES

récit

SABINE WESPIESER ÉDITEUR
13, RUE DE L'ABBÉ-GRÉGOIRE, PARIS VI
2023

Michèle Lesbre remercie Hélène Leclercq,
Danièle Bodin et Claudine Jouvenot-Klein.

Ce livre n'aurait pu s'écrire sans le soutien du Centre national du livre
ni de la Maison du Géant à Salins-les-Bains.

DR pour les photographies
(Collection personnelle de l'auteure)

Le monde va finir, c'est à-dire, en réalité, « l'enfance va finir ». Et, parce qu'elle va finir, elle demeurera à tout jamais inachevée.

JEAN CLAIR
Balthus, les Métamorphoses d'Éros

Le mot fleuve suffisait à convoquer en moi des panoramas, des vues et des perspectives de l'enfance – autant de cartes postales que m'écrivait le souvenir.

ESTHER KINSKY
La Rivière

À Léon et Mathilde

DANS MES NUITS INQUIÈTES, parfois, surgit l'étang et son beau silence que seules les grenouilles troublaient. C'est toujours l'été. J'ai dix ans et pourtant je suis vieille. J'entends les voix éteintes, je vois les corps disparus. J'ai peur de quitter ce paysage et m'abandonne à son discret battement de cœur.

Je m'évade et tente de retrouver le chemin de cette modeste campagne qui n'existe plus, avalée par la mécanique implacable du progrès. Je cherche comment échapper à ces images douloureuses, même si elles me ramènent aux délicieux après-midi où mon grand-père Léon et moi pêchions ensemble, chacun sa canne à pêche, chacun ses rêves. Il m'apprenait, sans le savoir, les échappées intimes.

Boudant les écrans et leurs avalanches d'images, j'en choisis d'autres, ailleurs, dans ma mémoire et dans les livres. Il me semble alors qu'il n'y a d'autre vie que le passé. Je me ressaisis, mais le pense à nouveau.

Je cherche du secours dans les lectures dont je garde un souvenir puissant. Pas des romans, plutôt des dérives aventureuses où fleuves et rivières se déploient et m'embarqueraient de nouveau. Je pense aussi à la Furieuse, que je ne connais pas et qui m'attire depuis que j'ai entendu son nom, un rendez-vous qui vient de loin peut-être. Je crois entendre le bruit infernal de son courant à la fonte des neiges. Je laisse grandir ce désir en moi. J'irai, au printemps. C'est le pays de Courbet, qui entrait peut-être dans la Loue à *la façon d'un cheval,* comme l'a écrit David Bosc, la Loue dont la Furieuse est un affluent. Le grand corps rageur du peintre me touche, et son retour à Ornans pour échapper à la haine. J'ai besoin de ce voyage immobile qui me conduira sur ces terres où me guide le désir. J'ai souvent fait confiance au désir.

Dans ma bibliothèque en désordre, le premier livre qui se présente est le magnifique *Danube* de Claudio Magris. Quelques mois plus tôt, j'étais à Budapest et ce hasard me ravit. Je crois aux beaux hasards. Lorsque je sortais de l'hôtel Gellert et que je traversais le pont qui lui fait face, j'entrais dans la ville, dont la tranquillité était troublante. Une ville trop sage pour être libre. Le fleuve impassible avait la majesté du temps et de l'histoire. Il y a des lieux dont le pouvoir est au-delà de leur beauté, et relire le sublime texte de Magris m'entraîne en un temps où la littérature et les eaux du fleuve baignaient une autre Europe.

Dans la Hongrie d'aujourd'hui, qui se barricade et repousse les migrants, sous un régime de nouveau autoritaire, je découvrais alors un curieux champ de la mémoire, à quelques kilomètres de Budapest, dans une campagne sans doute stupéfaite, où les gigantesques bottes de Staline, qui ont résisté à la démolition de sa statue, semblent veiller sur cet espace entretenu par quelques nostalgiques. D'autres sculptures parlent aussi d'un autre temps, d'une autre dictature. Elles m'évoquent un fantôme aperçu entre Irkoutsk et le lac Baïkal, où, sur une colline en partie déboisée, la silhouette de Lénine continuait de saluer le peuple indifférent. C'était en 1999, Poutine arriverait bientôt.

Les Hongrois disent que le Danube est blond, *Szöke Duna*, je le vois bleu comme celui de Johann Strauss.

Je pense à Bela Tarr, à ses films avec ce noir et blanc qui me manque tant au cinéma aujourd'hui et auquel il est resté fidèle. Ses films ont la beauté implacable d'un regard sans voile sur les ravages du système politique des années communistes et après, quand les rêves trahis se noient sous des pluies sans fin et des paysages sans lumière. Je regrette qu'il ait décidé de ne plus tourner.

Je suis libre soudain, immergée dans la complexité du monde, et je pense à Imre Kertész, né à Budapest, dont les images accompagnent ma lecture, à son œuvre magnifique et douloureuse, au sublime livre du poète et dramaturge Szlilárd Borbély, *La Miséricorde des cœurs,* dont je n'ai pas oublié les premiers mots, *Nous marchons, nous nous taisons,* des mots qui d'emblée me parlent de la violence qui se cachait derrière. L'auteur y décrit sa vie misérable de tout jeune adolescent dans la campagne boueuse de Hongrie après l'intervention des chars russes, en 1956, pour soumettre un peuple qui n'en pouvait plus. Il s'est donné la mort après avoir écrit tardivement ce bouleversant témoignage. J'avais dix-sept ans en 1956, les images aperçues à l'époque dans un magazine, où l'on voyait les Russes tirer sur la foule, me sont restées en mémoire. Les cadavres jonchaient le sol, j'avais l'âge où rien n'échappe, même si on n'a pas encore les moyens de tout comprendre. J'apprenais à regarder le monde.

D'autres fantômes m'accompagnent, ceux de Sophie et Hans Scholl, de leur ami Christoph, exécutés en 1943 par les nazis pour avoir diffusé leurs tracts subversifs.

Mais aussi l'ignoble Mengele, l'insupportable Eichmann, le camp de Mauthausen, tout ce funèbre décor de l'infamie, alors que je balbutiais ma vie. Aujourd'hui, l'ombre de ces criminels traîne dans les fonds obscurs du fleuve, mais ne seront jamais oubliés. J'ai besoin de ces textes qui sont la mémoire.

Et puis je me souviens de Trieste, qui est la ville de Magris. Je logeais sur la place de l'Unité, contre laquelle l'Adriatique vient se frotter, petits clapotis ou gifles données par la *bora*, vent glacial et violent. Je fréquentais assidûment un vieux café où il a, paraît-il, ses habitudes et où, sans doute, Joyce et Umberto Saba se croisaient en un autre temps. Trieste n'est pas vraiment italienne, mais elle a ce charme indescriptible qui rôde dans les villes frontières, elles ouvrent le monde. J'arpentais la ville avec l'idée de naviguer dans le temps.

À l'hôtel, j'écrivais dans ma chambre, ma chambre de passante, comme toutes celles qui n'en font qu'une pour moi, chambres d'hôtels, chambres d'amis, chambres improvisées, ferroviaires et qui nourrissent l'endroit où je reviens toujours, à Paris. Sans ces lieux provisoires, les murs trop familiers de ma vie ordinaire me tiendraient captive. Tous ces ailleurs ont construit peu à peu un monde intime et pluriel, une chambre d'écho en somme. J'aime les chambres mobiles, les chambres d'une nuit, d'un seul matin, tout ce qui ruse avec l'insidieux glissement des jours. La chambre qui me rassure et me permet d'être moi est une surimpression d'images, d'émotions. En fermant les yeux, je peux les voir toutes en un éclair, ces chambres errantes, fugace éblouissement qui, je l'espère, m'accompagnera jusque dans le grand sommeil. Relire *Danube* me replonge dans cet enchantement, cette fugue clandestine et heureuse.

Joseph Roth et Isaac Babel me rattrapent eux aussi, je me souviens du magnifique *Job* de Roth et la bouleversante *Marche de Radetzky*, ce naufrage amorcé d'une Europe qui tangue si fort aujourd'hui. Je relirai Les *Contes d'Odessa* d'Isaac Babel, je revois le vieux quartier juif d'Odessa non loin duquel se tenait un immense marché où les chats régnaient sur les étals de poissons lors de mon voyage, il y a cinq ou six ans. Je me souviens de l'arrivée du train de nuit, je venais de Lviv, et sur le quai de la gare une musique d'opéra résonnait pour accueillir les arrivants.

Je revois l'escalier du *Cuirassé Potemkine*, le vieil hôtel anglais où les immenses chambres résonnaient encore de temps anciens. Le Danube traverse l'Ukraine, il ne passe pas à Odessa, mais les images qui me reviennent ne se préoccupent pas de ce détail. C'est la guerre en Ukraine qui les fait ressurgir et le chagrin les accompagne.

Il fait beau ce matin. Après avoir mangé sa soupe réchauffée, bu sa tasse de café, Léon aurait emmené son chien à travers les prés qui ondulaient jusqu'à la petite rivière où truites et écrevisses vivaient leur vie tranquille, sauf les jours où nous leur déclarions la guerre. Il passerait sans doute devant la « maison du loup », traverserait les prés sous le tendre regard des vaches que le chien taquinerait avec la complicité de son maître. À l'automne, mousserons et rosés remplissaient la musette.

Il rentrait parfois avec un animal blessé, un écureuil, une chouette surprise par la lumière du jour. Je ne savais pas encore à quel point je l'aimais. Il ne faisait rien pour me séduire, il ne m'a jamais raconté d'histoires, ni lu un de ces contes qui nourrissent l'imaginaire des enfants depuis toujours. Pourtant, j'étais sous le charme de cet homme à la dégaine un peu bohème, mais superbe lorsqu'il arborait costume et feutre gris.

Son humour ne m'échappait pas, ni sa pudeur. Une complicité muette se construisait en silence. Il écrivait des poèmes en douce, petites fugues clandestines, et il entrait dans son jardin comme en son royaume. Depuis ce temps lointain, l'image brumeuse de l'étang n'est autre que celle de ma petite patrie.

APRÈS *DANUBE*, j'embarque sur le Pô avec Paolo Rumiz, jusqu'au delta du fleuve, jusqu'à Comacchio et ses trois ponts enlacés. Paolo Rumiz est triestin lui aussi. Avec quelques vieux amis, il s'aventure dans un périple nostalgique auquel je me joins. Le fleuve a changé, comme les hommes et la femme qui le descendent sur une embarcation un peu fragile. Les guinguettes ont disparu, l'industrie a laissé des traces, quelques trafics s'exercent ici et là, des hommes se cachent. Lorsqu'une auberge a résisté, voilà les aventuriers qui se précipitent et se régalent de la cuisine traditionnelle et du vin qui va avec, en se souvenant de leur jeunesse. Voyage ému et joyeux, politique d'une certaine façon.

Des souvenirs de films se faufilent dans ma lecture, ceux de Michelangelo Antonioni, sublime cinéma de la mélancolie qui va si bien au fleuve. Lui n'a pas la superbe du Danube, mais il traverse le nord de l'Italie, souvent théâtre cruel de l'histoire. La littérature est du voyage, celle de Pavese né dans les collines du Piémont et qui me bouleverse toujours. J'ouvre au hasard *Le Bel Été,* et les larmes me viennent aux yeux en lisant,

> *À cette époque-là, c'était toujours fête. Il suffisait de sortir et de traverser la rue pour devenir comme folles, et tout était si beau, spécialement la nuit, que, lorsqu'on rentrait, mortes de fatigue, on espérait encore que quelque chose allait se passer, qu'un incendie allait éclater, qu'un enfant allait naître dans la maison ou, même, que le jour allait venir soudain et que tout le monde sortirait dans la rue et que l'on pourrait marcher, marcher jusqu'aux champs et jusque de l'autre côté des collines.*

À Turin, j'allais boire des cafés dans un endroit qu'il fréquentait, sous des arcades qui jouaient avec le soleil, mais je n'ai pas cherché l'hôtel dans lequel il s'est donné la mort.

J'avais aimé aussi *Comme des chevaux qui dorment debout,* où Paolo Rumiz raconte la souffrance de son grand-père, de la même génération que le mien, contraint de se battre du côté de l'Autriche pendant la Première Guerre mondiale, le chagrin de cet homme, de l'Italie amputée, occupée. La mémoire des paysages qu'il parcourt porte la vie des hommes, leurs malheurs et leurs fautes. Le souvenir de cette lecture se mêle à celui de la descente du Pô, et les membres de l'équipage devaient eux aussi vivre cette aventure avec le souvenir de toutes les blessures. C'est aussi ce qui donne à leur équipée un charme singulier, ils descendent le fleuve et remontent le temps à travers leurs constats et leurs vies intimes. Lorsque l'équipage arrive enfin à Comacchio, je sais tout, les canaux, l'ancienne conserverie, j'ai en bouche le goût du risotto aux anguilles. La lagune a des reflets d'argent, l'horizon mange le regard.

La guerre de 14-18, mon grand-père ne l'a vécue que quelques mois, sa mauvaise santé l'ayant ramené chez lui. Il n'en parlait jamais, mais avait sûrement lu *Ceux de 14*. Il ne racontait presque rien de sa vie, vieilli avant l'âge, déjà chauve à vingt-deux ans, un corps dont la maigreur contrastait avec les rondeurs de ma grand-mère. Un couple secret, mais les lettres trouvées après leur mort les révélaient. Celles de mon grand-père étaient d'une belle écriture stylée, romantique et empreinte de désir, celles de ma grand-mère étaient plus maternelles, conseillères, attentives et prudentes, où la passion, si elle existait, était en retenue. Quelques photographies témoignent de leur beauté. *L'instant et son ombre*, belle définition de la photographie. Ils sont mis en scène comme c'était l'usage à l'époque, dans un décor figé et le voile gris du temps. Ils m'entraînent dans leur nuit, mais la lumière du petit étang, du soleil dans la cour de la maison, des tilleuls en fleur, des voix dont l'écho se perd aussitôt me rassurent. Certains morts ne meurent jamais vraiment.

Je fouille les rayonnages de ma bibliothèque avec une sorte de fringale heureuse, mais je garde pour plus tard *La Rivière* d'Esther Kinski. Je ne veux pas m'abandonner déjà à son emprise, à la force de cette écriture et de cette femme dont la solitude aventureuse me happe. J'approche une sorte de vertige, quelque chose au plus profond de moi que je préfère atteindre plus tard… *on n'imagine pas comme il faut consentir quand on écrit, un peu comme se soumettre dans la joute amoureuse*, a écrit Michèle Desbordes, qui vivait en bord de Loire, comme Julien Gracq.

J'ai sorti de ma bibliothèque *Les Petites Terres,* et *Les Eaux étroites.*

Je choisis la Loire, les souvenirs que m'avaient laissés ces deux textes, la fréquentation de ce fleuve, sournois, paresseux, vautré comme il l'est à Nevers. Berges sablonneuses et reflets de ciels changeants m'y invitent à nouveau. Son corps alangui me convient si bien dans le moment, elle et moi traînons au lit.

Et puis elle m'a vu naître, la Loire, à Tours. Je l'ai aimée à Nantes, à Angers, à Roanne où mes années d'enfance et d'adolescence ont tissé entre nous une sorte d'intimité. Je la traversais chaque jour, parfois sans la regarder, avec cette sotte indifférence qui s'installe dans un paysage quotidien, comme dans un couple. Mais, chaque fois qu'elle se faufile dans ma mémoire, je la reconnais. Aujourd'hui, je pense que mon jeune âge ignorait la fuite des jours, la nécessité d'avoir des endroits où aller, ne serait-ce qu'en pensée. Il faut du temps pour se bâtir un monde, même imaginaire.

J'ai voulu relire quelques pages de Gracq, celles où il se souvient de sa jeunesse, quand il embarquait sur l'Èvre, petit affluent de la Loire. Il écrit ces instants où le jeu des ombres et de la lumière au-dessus de l'eau, la beauté des saules et des peupliers, le roucoulement de la rivière sur les galets, les pieds dans le courant et les rires heureux s'éternisent en nous. Et puis, rester longtemps ainsi dans le chant d'une rivière provoque une douce ébriété, de celles que j'aime.

Michèle Desbordes, dans *Les Petites Terres,* écrit ce qu'il me semble avoir vécu ici ou là, au hasard de balades.

Et alors c'est un de ces soirs que je suis allée marcher sur le chemin à l'heure où personne n'a envie de marcher sur un chemin au bord d'un fleuve [...] je ne vais pas comme ça marcher devant les centrales, les usines, les grandes erreurs, les grandes blessures parmi les champs, les collines, quand je veux voir la Loire je vais ailleurs, de ce côté-ci où j'habite...

Olivier Debré a superbement perçu les humeurs de la Loire, ses lumières changeantes. Ses toiles souvent gigantesques m'entraînent dans les profondeurs de ce fleuve imprévisible.

Sur le pont qui relie Roanne au quartier du Coteau, en traversant la Loire, je ne croisais le plus souvent que mon grand-père parmi les membres de la famille. Ce n'était alors plus l'homme du petit étang, c'était l'homme en gris, chapeauté, avec la prestance d'un notable. Je tentais d'éviter son regard, sortie trop tôt du lycée, ou ayant pris le chemin interdit à la gamine déjà grande que j'étais et qu'il imaginait sans doute en danger. J'aimais ces instants clandestins, qui par ailleurs ne me révélaient rien de lui, si ce n'était qu'il était aussi cet homme-là, distingué et de belle allure, mystérieux, dont j'étais fière. J'aime le mystère des êtres, j'aime qu'il ne s'érode pas.

Je n'ai pas de souvenirs de promenades en famille sur les berges extérieures à la ville, la maison du petit étang était l'incontournable refuge, le terrain d'aventures que nous, les enfants, aimions par-dessus tout. Je retrouvais alors Léon le bohème, le rêveur, le poète silencieux, mais aussi, souvent, le joyeux animateur des repas qui s'éternisaient, lors desquels il lançait le jeu des mots difficiles où nous ne manquions pas d'imagination, tandis que, pour mettre un terme à nos inventions plus ou moins farfelues, le dictionnaire, dernier recours, nous clouait le bec.

L'air de rien, la Loire s'est faufilée dans *La Petite Trotteuse*, pour avaler la montre de mon père retrouvée longtemps après sa mort, et je suis bien obligée d'admettre, même si sur le moment l'idée ne m'est pas venue, qu'elle m'a insidieusement attirée lorsque j'écrivais *Chemins*. J'ai laissé la péniche dériver jusqu'au pont où la narratrice et son chien adoptif accompagnent des mariniers et où, soudain, toute ma famille défile comme à la fin d'un spectacle. Je n'ignore pas les ruses de notre inconscient, il est là pour nous venir en aide lorsque l'imagination fait défaut.

Depuis ma naissance, la Loire coule en moi. Bachelard a écrit que *la mort ne serait pas le dernier voyage. Elle serait le* premier *voyage. Elle sera pour quelques rêveurs profonds le premier vrai voyage.*

Parfois, des images de la Vltava s'immiscent dans toutes ces dérives et me ramènent alors aux années lumineuses où Václav Havel était arrivé au « Château », après la prison d'où il écrivait de si belles lettres à Olga, sa femme. La lumière qui émanait de cet homme avait quelque chose du miracle. Je repensais alors à mon premier voyage à Prague, en 1972, aux chars russes de 1968 bien sûr, à Jan Palach qui s'était immolé, à la nuit profonde qui tombait sur la ville chaque soir, à mes larmes dans cet hôtel où nous nous sentions surveillés, à Bohumil Hrabal et Pecka, interdits là-bas, mais publiés en France, à leur humour de résistance face à la dictature. Je revoyais les petits cafés où les poètes s'inventaient des mondes qui ressemblaient à ceux que certains d'entre nous s'inventaient ici et auxquels nous avons renoncé sans nous en apercevoir, peu à peu.

Et c'est la Neva qui s'invite à son tour. Les nuits blanches d'un mois de juin à Saint-Pétersbourg où, depuis notre chambre louée chez l'habitant, près de l'ancien couvent Smolny devenu résidence d'étudiants, nous voyions, chaque soir, alors que la nuit tombait si tard, le pont s'ouvrir et laisser défiler une suite féérique de bateaux illuminés glissant sur le fleuve. Images somptueuses et romanesques. Nous sortions et restions longtemps à regarder le défilé magique.

Quels voyages ont hanté les imaginaires de Mathilde et Léon ?

Quels souvenirs ont hanté Léon après les deux guerres qui ont jalonné sa vie ?

Quel monde Mathilde avait-elle imaginé ?

Ce matin, je quitte la colline sur laquelle je vis pour rejoindre la Seine. Je l'aime avec ses quais déserts, dans les lumières incertaines de l'aube et sa solitude enfin retrouvée. Je sais que je ne pourrais plus vivre dans une ville sans fleuve ou sans rivière, mais je n'aime guère la partager avec la foule. Le matin, je croise parfois quelques éveillés un peu hagards, qui sans doute l'aiment eux aussi dans sa simple apparence. Nous nous ignorons, reclus dans nos rêveries. Certains sont accompagnés de leur chien et forment alors des couples souvent très assortis.

J'ai besoin de ce flux permanent qui me rassure, m'apaise et fait naître en moi de multiples envies d'évasion, de dérives. Je surveille la rivière et m'inquiète, comme lors de sa dernière crue, où, chaque jour, je la photographiais. Elle occupait l'espace d'habitude encombré et sa course nerveuse, où nulle embarcation n'était possible, semblait clamer sa liberté, sa puissance, ses possibles colères.

Dans le silence de ces promenades matinales, je trouve la force de résister à la pesanteur des jours, à leur vacuité parfois. Tout près de l'eau, je perçois son murmure, comme une mélodie fredonnée. Elle entraîne le paysage, elle pousse la vie ailleurs sans rien livrer de son mystère. Elle murmure des aventures possibles.

Ce matin, tout est gris, ce gris qui va si bien à la ville, qui n'est empreint d'aucune mélancolie, mais survient on ne sait d'où.

Lorsque passe une de ces péniches au long museau qui suscitent en moi des souvenirs de vieux films en noir et blanc, où les histoires d'amour finissent mal, j'ai l'âme d'une midinette et un beau cafard, qui met un peu de piment à la journée qui commence.

J'ai longtemps imaginé vivre dans une de ces vieilles embarcations qui traînent sur des quais définitifs. J'ai visité des maisons d'éclusiers abandonnées, comme on cherche un lieu propice aux dérives imaginaires. Sans doute sont-elles celles qui me plaisent le plus, elles sont exemptes de désillusions et m'habitent encore.

La Seine et la Loire sont les deux fleuves qui accompagnent ma vie depuis toujours. C'est dans cette étrange période que j'en prends conscience, que leur complice présence m'éloigne du désespoir. D'habitude, les quais et les cafés sont mes refuges, mais, dans le moment, seuls les quais sont accessibles, et dans cette vie muselée par un virus qui nous vient de loin, je cherche des paysages qui me sont chers, les marais de la Brière, les forêts de bouleaux de la Sibérie, les côtes sauvages de Bretagne, Trieste quand souffle la *bora*, le lac Michigan à Chicago, le petit café Pouchkine à Uppsala, le cimetière juif de Ferrare, les plages de La Havane, les rues de Londonderry, l'île de Procida, la Spree à Berlin, la campagne portugaise... Je feuillette ma mémoire, je ne vais pas mourir déjà, grâce à tous ces paysages.

Je n'ai jamais autant pensé à Léon qu'en ces temps qui me poussent en arrière. Souvenirs épars, images fragiles, avec un sentiment d'inaccompli, de temps volé, de mots non dits.

Je ne l'ai vu qu'une seule fois en petit fantôme. J'avais sans doute douze ans, je lisais tard dans la nuit et, soudain, il ouvrit la porte de ma chambre avec un air de reproche, vêtu d'une chemise de nuit blanche qui ne couvrait pas ses jambes maigres et d'un bonnet de coton qui pendait sur son épaule. Il n'avait rien dit, je savais, j'avais largement dépassé l'heure autorisée. Cette image m'avait hantée longtemps, j'avais été troublée par le mystère qui émanait de cet homme pourtant si proche. Il avait éteint la lumière sans un mot et j'ai longtemps pensé que cette apparition n'avait eu lieu que dans un rêve. Au fond, je sais si peu de lui, mais c'est ce qui est resté en moi qui compte. Les êtres que l'on aime sont ceux qui gardent ce mystère qui nous attire. Je l'ai su plus tard en aimant certains hommes.

Dans mes nuits chaotiques, j'entends qu'il ouvre encore la porte de ma chambre. Il ne dit rien. Il m'attend peut-être, j'approche sans me presser de l'âge de sa mort, j'y suis presque.

Mathilde était secrète et mélancolique, les deux guerres avaient laissé des traces. Un chagrin était en elle, clandestin mais féroce, nous n'en saurions jamais rien.

CHAQUE ÉTÉ, mon grand-oncle Paul, le frère de Mathilde, venait passer quelques jours dans la maison du petit étang avec sa femme Berthe. Un couple singulier, mal assorti, mais dont j'aimais la vie nomade et les talents respectifs, lui peintre, elle violoniste. Ils étaient l'aventure, vivaient de petit hôtel en petit hôtel, de paysage en paysage, la vraie vie, pensais-je, celle que je voulais vivre plus tard. Pour Léon, l'aventure était plus imaginaire, plus contemplative aussi. Il me semble que Mathilde était étrangère à ces errances. Je regardais vivre Paul et Berthe, j'aimais leurs mystères, je les trouvais beaux, ces vieux vagabonds qui semblaient ne pas croire à la mort. Quand ils disparurent, je savais qu'ils avaient eu raison de ne pas y croire. J'en suis encore certaine aujourd'hui.

Mathilde est partie la première, malade depuis plusieurs années. Et puis Léon. Nous l'avons rejoint dans une salle déserte d'un hôpital de Roanne où il était seul sur sa civière, vêtu de son ultime costume, mais sans le feutre gris. J'ai posé mes lèvres sur son front glacé. Je ne me souviens pas d'avoir pleuré, comme si la solennité de l'instant me l'interdisait. Au moment d'écrire, les larmes sont là.

C'EST PRESQUE par hasard que j'ai acheté une vieille maison au bord du Dolloir, timide affluent de la Marne. Je croyais pouvoir remplacer celle de Léon et Mathilde, vendue à notre insu, j'aurais dû savoir que les maisons, comme les êtres, ne se remplacent pas. Pas vraiment. Le jardin était habité par un écureuil, un pivert, un loir et une communauté de taupes laborieuses. Je vivais cette maison comme un corps, un corps sans mémoire dans lequel la mienne trouverait sa place, même si le statut de propriétaire, nouveau pour moi, se mit à m'angoisser, comme si ma vie allait s'arrêter là, et le passé inconnu des murs m'ensevelir.

Je n'avais pas choisi la Marne, même si je l'avais beaucoup fréquentée lors de longues séances de pêche à la ligne, parenthèses suspendues où le temps se concentre sur la surveillance plus ou moins vigilante d'un bouchon, annonçant la présence d'une proie possible. J'aimais ces petits matins humides et silencieux où nous partions, l'homme aimé du moment et moi, en quête de rêveries, accompagnés du chien noir qui semblait s'interroger sur le sens de ces heures immobiles. Nous attrapions, par hasard le plus souvent, quelques imprudents dont les innombrables arêtes nous restaient dans le gosier. Puis nous quittâmes la Marne un jour et c'était peut-être l'annonce de la fin, comme si la patience ne suffisait pas à l'amour, comme si nous étions devenus des étrangers l'un pour l'autre, sans nous en rendre compte.

J'avais aussi fréquenté les berges du fleuve où, dans quelques guinguettes démodées, se lamentaient les tangos nostalgiques. Les Gabin du dimanche tournaient la valse à l'envers. Le guinguet ne s'y buvait plus. Je regardais les fantômes glisser sur la piste de danse.

Remonter la Marne de Jean-Paul Kauffmann fait ressurgir ces images, et me rattrape le souvenir de la maison revendue, du chien noir, des jours fragiles et enfuis. Il y a dans les livres des éclats de nos vies.

J'ai tout de suite aimé la devise de l'auteur, *Je n'ai qu'un sac à dos. J'ai prévu de m'arrêter le soir dans des auberges ou des tables d'hôtes situées près du fleuve. Pas de réservation. Aucune entrave. Surtout pas d'horaire. […] J'emporte avec moi un téléphone portable qui restera fermé pendant la marche.*

Me reviennent alors ces mots d'Eugène Dabit dans *Ville lumière*,

> *Il n'y a pas de quoi être fier du progrès. C'est farouchement être moderne que de vouloir s'échapper. Je ne cherche pas à retourner vers les taudis et les cavernes, ni à retrouver la petite vie heureuse de 1900. Mais s'écrabouiller dans une capitale, s'y crever à fabriquer des machines qui nous assassineront... Sauve qui peut !...*

C'est un peu ma devise dans un monde qui ressemble à un bolide aveugle et sourd.

Je redécouvre que Bossuet est enterré à Meaux, que Camille Claudel et Artaud furent soignés à Ville-Évrard, que Simenon est arrivé en bateau par l'écluse de Dizy, Simenon dont je ne me lasse pas de la littérature qui fouine si bien dans la vraie vie.

Je prends mon temps, j'avance lentement, comme Kauffmann et sa marche flâneuse. J'oublie la rumeur angoissée de la ville, les visages effacés derrière les masques, les sirènes de police, sempiternel western urbain, je me concentre sur la rivière et sa mémoire. Elle charrie des trésors.

Je n'ai pas cette belle intimité avec l'eau que décrit si bien Chantal Thomas dans son *Journal de nage,* mais j'aime le chant de son ruissellement, sa course sans fin, sa force aussi, parfois dévastatrice, sa perpétuelle approche de l'ailleurs. J'entre en elle avec précaution, j'y reste immobile et me laisse caresser, sur les berges caillouteuses d'une rivière, sur une plage de Bretagne où la mer va et vient, lents mouvements parfois brutaux auxquels je m'abandonne comme en une étreinte.

Je cherche dans ma mémoire quelques images de la Marne entre Chézy et Château-Thierry. J'allais souvent faire des courses dans la ville de La Fontaine lorsque j'habitais la maison du Dolloir et entretenais une relation suivie avec une pie dont le terrain d'action était le parking, où se tenait aussi un marchand de gaufres. L'oiseau se mirait dans les rétroviseurs et accompagnait les acheteurs, qui lui concédaient parfois quelques miettes. C'était une garce, comme toutes les pies, et aucun autre oiseau ne se risquait sur son territoire. Je ne suis jamais retournée près de la maison sur le Dolloir, je n'aime pas revisiter les chagrins.

Les paysans que croise Kauffmann me rappellent ceux avec lesquels j'ai grandi. Je les voyais travailler la terre, je jouais avec leurs enfants, et participais aux travaux des champs. La campagne n'était pas encore un continent désolé, ces grandes étendues d'agriculture industrielle où poussent d'immenses oiseaux électriques dont les ailes semblent appeler au secours.

AVANT *En descendant la rivière,* j'avais déjà lu le magnifique *Seuls sont les indomptés* d'Edward Abbey. Chaque fois son univers m'embarque aussitôt. Sa mort trop tôt survenue et sa volonté d'être enterré anonymement dans le désert américain tant aimé me touchent infiniment, son amour de la nature aussi. J'entre dans ses livres comme je visite un ami qui a quelque chose d'important à me dire, et j'ai toujours du mal à le quitter.

En descendant la rivière est un vertige, une chevauchée aquatique à laquelle se joignent quelques fous de ses amis et sa jeune fille. C'est une ode à la nature, un manifeste pour sa sauvegarde, une histoire d'amour fou pour la vie et les bonheurs dangereux. Pris aux pièges des canyons, des courants enragés, sur leurs coquilles de noix, ballottés dans les descentes vertigineuses, ils me bousculent et m'entraînent. Je ferme les yeux parfois pour les mieux voir ou pour éviter le pire. Ils sont lumineux comme des enfants.

Burns, le cow-boy anarchiste et sa jument Whisky de *Seuls sont les indomptés* vivent une intense histoire de fuite et d'amour, pour aller sauver l'ami emprisonné à travers une nature difficile, magnifique, la police à leurs trousses. Elle finit mal, mais quel beau chemin, quel bonheur d'évasion.

La mélancolie parfois joyeuse de l'auteur me bouleverse toujours. Il me donne envie de relire Baudoin de Baudinat, car ces deux-là auraient pu s'entendre. Abbey aurait sans doute approuvé les réflexions sur le peu d'avenir que contient le temps où nous sommes, dont Baudinat fait la matière de *La Vie sur terre*.

Et s'il avait connu Eddy L. Harris, j'imagine que tout était là pour qu'ils s'aiment eux aussi. Eddy le Noir avait embarqué sur le Mississipi dans le Minnesota alors qu'il était jeune, sur un canoë, autant dire un jouet, pour le chevaucher jusqu'à Saint-Louis, au risque de perdre la vie tant le fleuve est difficile, et sa couleur de peau peu appréciée dans les États qu'il traversait. Il refait ce voyage plusieurs années après et constate à quel point le pays s'est encrassé dans son racisme, malgré la parenthèse Obama. Ces hommes-là, portés par la passion et le défi, s'ils ne se sont pas croisés, ils se sont aimés sans le savoir.

Je décide enfin de relire *La Rivière* d'Esther Kinsky, mais hors de chez moi.

Je m'installai dans le provisoire, écrit-elle, *en un lieu où je ne connaissais personne dans le voisinage, où les noms des rues, les odeurs, les vues et les visages m'étaient inconnus, dans un appartement sommairement agencé où j'allais poser ma vie pour un temps.*

Il me semblait être dans ces mots.

Et, pour relire ce magnifique journal de bord, je cherche un de ces petits hôtels sans charme où les personnages de Modiano ne font que passer, se croisent parfois. Je veux être dans cet univers suspendu, être dans cet abandon, suivre pas à pas les déambulations et les rencontres d'Esther, m'abandonner à son empathie pour le paysage, les êtres qu'elle croise ou rencontre, son silence, sa solitude, éprouver les mêmes émotions qu'elle, loin de mon autre vie.

J'ai trouvé l'endroit propice, quartier désert, hôtel vieillot. Ma chambre donne sur une cour où quelques chats improvisent leur vie errante. Je suis la seule cliente et, dans le silence, les mots s'emparent de moi.

J'avais déjà lu *Le Bosquet*, sa traversée de l'Italie du Nord, de l'Émilie-Romagne, et j'ai aimé cette femme, son élan dans le paysage, son abandon même, comme on se jette dans des bras, contre un corps.

Elle a grandi sur les bords du Rhin, moi près de la Loire. Elle a des habitudes dans les cafés, moi aussi, et j'aime les femmes qui hantent les cafés. Quelque chose de complice nous rapproche, juste un regard parfois. J'aime aussi ces endroits provisoires que sont les hôtels, je les préfère modestes et désuets, pleins d'ombres évanouies. Je n'ai jamais su être propriétaire d'un lieu et m'en suis échappée chaque fois que j'ai transgressé la règle.

Cette relecture va encore fouiller dans ma vie, je le sais. Elle va ressusciter des moments, des lieux, des êtres croisés, des émotions, des paysages, tout ce bagage que l'on accumule au fil du temps et que son récit atteint au plus profond de moi. Un trac délicieux m'envahit.

Quelques jours de lecture, un voyage intérieur. Je suis impatiente de savoir quelles images vont ressurgir, comme si j'ouvrais à nouveau mes cahiers d'Italie, de Sibérie, d'Irlande, de Chicago, de Suède, du Portugal, de Prague ou d'ailleurs. Car son récit méandreux mélange lieux et temps, chaque voyage infuse sur la durée, irrigue les suivants et ceux d'avant.

Ses polaroïds ponctuent ses déplacements, la mémoire jongle avec les émotions, elle est ici et ailleurs et se dessine tout un univers, laissant un paysage en envahir un autre ou le convoquer. Le monde se reconstruit sans cesse dans nos imaginaires, à chaque instant. J'entends sa musique fragile et fluctuante, je repense au *Bosquet*, que j'avais lu avant, à l'Italie du Nord que j'aime avec la même ferveur que la sienne. Ce qu'elle écrit tisse entre nous un lien tout à fait particulier.

Dans la simultanéité des souvenirs s'ouvre le monde tel qu'elle le vit. Tel que je le vis moi-même. Nous feuilletons sans cesse les images accumulées, et la mémoire nous les redistribue de façon aléatoire. Elles nous habitent et nous hantent.

Sur une terrasse de café à Paris, j'aime me souvenir du café Pouchkine à Uppsala, rempli d'étudiants dont la langue m'exclut, mais me fait rejoindre la Suède, je pense au café de la piazza Santo Stefano à Bologne, où la langue familière et musicale me berce, je me souviens de la pluie sur la place Rouge à Moscou avec Marthe. Les distances s'annulent, les images se superposent. J'habite un monde perpétuel et c'est lui qui m'envahit, me submerge, m'inquiète souvent.

Parfois je dois suspendre ma lecture, trop d'images se mêlent, un vertige où je m'abandonne, vaincue par la force de cette écriture. J'ouvre mes cahiers de voyage. L'Italie d'abord, et je me faufile dans toutes ces traces où je me retrouve et me perds. Puis je la rejoins sur les bords de la Tisza, en Hongrie, où elle croise un chercheur d'or, la cruelle Tisza, dont les débordements sont comme des chagrins, ceux de la vie inquiète des hommes. Ce sont les mêmes pluies que dans les films de Béla Tarr, les mêmes que celles des romans de Laszlo Krasznahorkai, dont certains sont adaptés par le cinéaste. Le paysage se regarde comme l'écho de la vie des hommes, de leur détresse. Un immense sanglot qui noie les chagrins.

Dans *Danube*, Magris écrit qu'*on est heureux auprès des gens qui savent rendre indubitable la présence du monde.*

Les voyages n'ont pas jalonné la vie de Léon, mais nombre de photographies évoquent quelques échappées à bord de voitures plutôt élégantes, parfois décapotables, à côté desquelles il est en diverses compagnies, de femmes, de membres de la famille qui me sont parfois inconnus. Sur l'une d'entre elles, il est assis à la portière d'une voiture, béret basque et cigarette aux lèvres, laçant des tennis blancs tout en regardant l'objectif. Un regard complice. Qui tient l'appareil ?

La campagne est en arrière-plan, une panière d'osier contient sans doute le pique-nique ou le matériel du pêcheur. Tout cela lui ressemble, une philosophie de la vie proche de ces mots de Calet, à *la paresseuse.* Ce pourrait être le début d'un roman ou d'un film en noir et blanc. Son visage est encore jeune. Il est séduisant Il me plaît.

Je n'ai connu que la vieille Matford noire avec laquelle nous faisions les allers et retours de Roanne à la maison du petit étang, à la vitesse minimum, celle du flâneur. La précipitation dans laquelle nous vivons n'aurait pas été de son goût, il s'en tiendrait à l'écart comme je le tente moi-même. Il me manque.

J'AIME DÉCOUVRIR que Jean Rolin fréquente le Jardin des plantes lui aussi, mais je ne connais pas celui des Chanteraines à Gennevilliers, pas plus que le chant du pouillot véloce dont il parle dans *Le Pont de Bezons*. J'emboîte son pas, ses multiples voyages m'ont déjà étourdie et ravie. Son regard acéré aussi, sa façon de percevoir l'incongru, ses constats mélancoliques (le jardin et la maison de Caillebotte enfouis dans le chaos d'une friche industrielle) donnent à son entreprise un côté sentimental, l'air de rien, et qui m'émeut. Il fréquente le monde avec la fausse désinvolture des élégants.

Dans le désordre des rives de la Seine banlieusarde, tout se retrouve, même les souvenirs d'enfance et les mystères d'un de ses oncles. J'ignorais que Sidney Bechet, dont *Petite fleur* accompagna toute ma jeunesse, avait vécu ses derniers jours dans cet amas de ruines où gisait sa maison. Comme dans *La Rivière* d'Esther

Kinsky, les cygnes pataugent dans la boue, quelques silhouettes humaines racontent d'autres voyages, d'autres naufrages.

C'est comme si, loin de la ville, le fleuve se déshabillait, impudique et négligé, montrant ses cicatrices et ses mystères. Le regard de Rolin a quelque tendresse pour ce corps qui souffre, il y lit des histoires, y mêle un peu la sienne et, même s'il ne fait que passer, il s'en nourrit, nous y invite et continue de tracer sans le savoir le chemin qui me mène à la Furieuse.

Il y a quelques mois, dans ce décor de ruines, furent prononcées des excuses bien trop tardives pour les horreurs commises à Paris contre une manifestation pacifique d'Algériens le 17 octobre 1961.

Je crois que je suis en train d'écrire ce qu'Edward Bond appelle *la trame cachée,* et dont il a fait un très beau livre sur ce subtil tissage de mémoire et d'émotions qui nourrit l'imaginaire, le regard sur le monde, la création sous toutes ses formes. Pour lui, comme pour moi, la Seconde Guerre mondiale est le point d'ancrage de sa vie. Il avait onze ans en 1945, j'en avais six. Il vivait en Angleterre, j'étais à Poitiers en zone occupée. C'est dans ce grand fracas que tout a commencé pour lui, pour moi, pour toute une génération.

Écrire, ce n'est pas tenter de s'en libérer, c'est au contraire tenter d'atteindre une cohérence sur la durée, de porter jusqu'au bout les images qui ne s'effacent pas, les chagrins, mais aussi les éblouissements, les désirs, ce qui pour moi est la fidélité.

Un certain Felloni et *Victor Dojlida, une vie dans l'ombre* sont issus de cette trame cachée qui est la mienne, les romans sans doute aussi, d'une autre façon.

En feuilletant un des cahiers de mon journal, sur la couverture duquel j'ai collé une reproduction d'une toile de Piet Mondrian datant de 1916, la période de son travail que je préfère, je retrouve ce que j'avais écrit après avoir assisté au suicide d'un vieil homme dans le métro. Il était sans doute bien plus âgé que moi et m'avait souri avant de sauter sur les rails, un sourire qui continue de me hanter. Lui aussi fait partie désormais de ma trame cachée. Quel enfant avait-il été, où était-il pendant la guerre ?

Léon était ami avec Eugène Claudius-Petit, ancien résistant et membre du parti UDSR (Union démocratique socialiste et résistante), lequel lui rendait parfois visite en voiture avec chauffeur, ce qui ne manquait pas de m'interroger. Claudius était son nom de résistant.

Pendant la dernière guerre, sans doute Léon s'était-il contenté de protéger Mathilde et leur très jeune fils, Jean-Louis, alors que j'étais un bébé et que ma mère, bien trop jeune, m'élevait seule en l'absence de mon père mobilisé. Plus tard, il y avait eu parfois quelques haussements de voix à propos de politique entre Mathilde et lui, qui se terminaient par les pleurs et les bouderies de Mathilde, le sourire un peu ironique de Léon.

Si une bibliothèque est un portrait de celui ou celle à qui elle appartient, la sienne lui allait bien, où se côtoyaient Roger Martin du Gard, Gide, Jules Romains,

Anatole France… Mes premières lectures, un peu trop sérieuses pour mon jeune âge.

Aujourd'hui, j'aimerais trouver aussi Paul Gadenne, Henri Calet, Emmanuel Bove, morts tous les trois au milieu des années cinquante. Mais peut-être les a-t-il lus. Il avait cette élégance de la pensée qui évite les emportements et les proclamations péremptoires. Son silence et son goût du retrait laissaient parler à sa place les livres qu'il avait choisis. J'aurais aimé aussi lui offrir *Austerlitz* de Sebald et certains livres de Pirotte. J'aurais voulu en parler avec lui, musarder dans des librairies ensemble.

Dans le même cahier de mon journal daté de 2003, je retrouve ces mots de Roland Barthes,

> *Du passé, c'est mon enfance qui me fascine le plus ; elle seule, à la regarder, ne me donne pas le regret du temps aboli. Car ce n'est pas l'irréversible que je découvre en elle, c'est l'irréductible : tout ce qui reste encore en moi, par accès.*

C'est ce que cherchent tous les personnages de mes romans, je les observe en un point de rupture, ces moments de la vie qui nous acculent à n'être que ce que nous sommes, rien que cela. Je cherche sans doute aussi à construire la cohérence de ma propre vie à travers eux.

Mais, ce soir, je reprends la lecture du *Pont de Bezons*, où la poésie du détail me ravit, l'obsession du détail, un regard aigu sur les espaces, ce qui s'y déroule, ce qui a eu lieu. Un champ de salades fanées suscite l'inquiétude amusée de l'auteur, sa douce ironie. Ses constats le dispensent d'analyses abruptes, que parfois la dérision remplace. Il y a dans son regard une vigilance, loin de la foule rivée à ses écrans, qui suscitent en moi tant de colère. Nous avions constaté, lors d'un salon littéraire, que nous avions l'un et l'autre des téléphones obsolètes auxquels nous restions fidèles. J'ai envie de dire qu'ils nous tiennent modestement à l'abri.

Les belles images se faufilent dans les paysages de hasard. Paul Virilio fustigeait la grande vitesse, qui, selon lui, rendait le monde trop petit. J'aimais beaucoup son regard sur le monde.

SEULE LA COLLECTION des *Claudine* semblait constituer la bibliothèque intime de Mathilde, que je n'ai jamais vue un livre à la main, si ce n'est les *Lisez-moi* auxquels mes grands-parents étaient abonnés. Les livres de Colette m'étaient implicitement interdits, je devais avoir dix ou onze ans quand je les ai découverts en cachette, comme il se doit.

Mathilde n'a pas lu Simone de Beauvoir, ni Marguerite Duras, des femmes dont la liberté l'aurait sans doute dérangée. Pourtant, elle devait savoir qui était cette effrontée de Colette dont les amies, la danseuse et actrice Musidora, Marguerite Moreno et une certaine Annie de Penne, journaliste dans les tranchées, étaient, à cette époque, singulières elles aussi. Et puis n'était-elle pas, avec Léon, allée voir danser et chanter Joséphine Baker avec son tutu de bananes ?

Le silence de Mathilde raconte autre chose, la traversée d'une vie familiale qui sans doute suffisait à sa sérénité, une vie de maîtresse de maison, maîtresse d'école, bonne cuisinière et femme secrète, allant à la messe, faisant quelques travaux d'aiguille auxquels elle m'avait initiée. La tendresse que j'éprouve pour elle est empreinte de regrets, elle tenait moins de place dans mes années d'enfance que Léon, alors même qu'elle en avait tous les soucis matériels. C'est cela aussi l'injustice faite aux femmes.

Dans *Les Eaux étroites*, Julien Gracq écrit :

On s'abandonne les yeux fermés à l'eau qui, inépuisablement, ouvre les chemins…

« Chemins » est un mot magique. Il y a dans ce qu'il suggère tant de possibles. Il m'évoque, en écrivant ces pages, celui qui reliait la maison du petit étang à la route qui montait au village, tous deux tant de fois parcourus. Je peux encore me réciter les tournants qui le jalonnaient, les deux fermes devant lesquelles il fallait passer, provoquant chaque fois aboiements des chiens et cris des oies. Je sais le parfum des prés humides, les buissons noirs de mûres, l'odeur de lait caillé des vaches.

Il m'arrive de penser qu'écrire, c'est accomplir mon devoir d'enfance, de ceux que nous infligeait Mathilde chaque été. J'écris comme j'aime me perdre dans une ville inconnue, où cependant je dois trouver un lieu, quelqu'un, une histoire. Comme si, parfois, je ne savais plus qui j'étais.

Je ne sais ce qui me guide vers la Furieuse, loin de la maison de l'étang, mais au plus près de moi, de ce que je suis devenue. En traversant ces différentes écritures, je me laisse entraîner avec la certitude, ou le désir, de retrouver le fil de ma vie, qui soudain semble s'être perdu dans un quotidien empêché, routinier. Comme mis en arrêt.

Sur la pile de livres qui sont en attente sur mon bureau, le roman de Mingarelli attire mon regard, je l'ouvre pour relire la dédicace qu'il m'avait écrite lors d'un salon du livre je ne sais où :

Pour Michèle, en espérant une rivière qui te ressemble.

Est-ce la fête du village sur cette photographie ? Léon est au centre, costume et feutre gris, il tient une carabine devant un stand de tir, avec, à sa gauche, Paul, mon grand-oncle, arborant un canotier, et à droite un homme qui m'est inconnu. Les trois femmes aux chapeaux cloche sont Mathilde, Berthe et sans doute la femme de l'inconnu.

Léon ressemble à Mauriac. Il sait viser, c'est un chasseur. Leur élégance à tous me plaît, c'est une autre époque, qui dit aussi quelque chose du monde d'aujourd'hui.

Près de la maison du petit étang, chaque année au cœur de l'été, se tenait une fête avec course de percherons, dont les galops faisaient trembler les prés, et course cycliste pour les jeunes gars du coin. Les filles avaient des robes claires et les garçons les regardaient. Les horizons étaient enchanteurs et nous courions comme des fous pour les rejoindre. C'était beau.

J'HABITE SUR LES TRACES de la Commune. Cette année, de multiples portraits de communardes s'affichaient sur les murs de Ménilmontant et de Belleville, ces «pétroleuses» accusées d'avoir mis Paris à feu et à sang. Lorsque je passe rue de la Mare, j'ai une tendre pensée pour Eugène Dabit, écrivain oublié et que j'aime relire. Pour se rendre chez sa grand-mère, il descendait à la gare de Ménilmontant, traversait la passerelle jusqu'à la rue de la Mare, où Jacques Becker a tourné des scènes de *Casque d'or*.

Aujourd'hui, la petite ligne de chemin de fer n'existe plus et sur les rails silencieux pousse l'herbe folle. Par endroits, ces espaces sont devenus jardins de quartier ou encore aires de repos avec bancs et pelouse. Dans le film d'Henri Verneuil, *Des gens sans importance,* la locomotive du train de la petite ceinture crache sa fumée, tandis que Gabin rentre chez lui, prolétaire emblématique du cinéma d'alors, conducteur de camion et amoureux de Françoise Arnoul, la petite bonne d'un restaurant routier. C'est un film qui fait partie de ma cinémathèque intime, tant il ravive des images de mon enfance, ressuscitant le décor modeste des vies ordinaires dans lequel j'ai grandi. C'est un peu d'histoire.

Pendant la dernière guerre, Raymond Kojitsky participait sûrement à des lancers de tracts résistants sur le boulevard de Ménilmontant, et allait sans doute au cinéma Le Zèbre. J'ai lu son beau livre de souvenirs, du temps où il était «Pivert», ce très jeune garçon engagé dans les FTP-MOI. Je n'avais pas encore rencontré Victor Dojlida, engagé lui aussi aux FTP-MOI à Homécourt, sorti de prison en 1989 après une vie chaotique, et pour lequel j'ai écrit un livre sur sa vie broyée par l'histoire.

La Furieuse, elle, me rapproche du pays de Courbet. Courbet, le petit paysan, le peintre scandaleux, un homme dont l'anticonformisme me ravit, qui soutint la Commune et se réfugia près de la Loue, la rivière de son enfance, jusqu'à la fin de sa vie, à Flagey et à Ornans. Il y retrouvera son grand-père, qui lui avait enseigné la liberté, le goût de la terre, de la nature qu'il peindra toute sa vie, la vie vraie, les corps comme des paysages, leurs profonds mystères.

Toute sa vie, Gustave peindra les paysages de son enfance, leurs mystères, leur force.

Et je ne sais pourquoi je me souviens soudain du rêve que Mathilde faisait souvent, et qu'elle nous racontait chaque fois ou presque.

Elle se levait un matin, somnambule et hirsute, déclarant qu'elle avait encore passé toute la nuit à ranger et nettoyer une roulotte, nous transmettant ainsi des images qui allaient nous accompagner tout le jour. Elle ne parlait jamais des occupants, sans doute avaient-ils déserté, mais je les voyais, je voyais les enfants, un troupeau de mioches bruyants et loqueteux qui tournaient autour de la roulotte comme des mouches. Rêve singulier qui allait bien à la vie secrète de Mathilde. Sans doute avait-elle, lors de ces grands nettoyages, la blouse blanche qu'elle arborait à l'école, lui donnant une allure d'infirmière.

Il arrivait parfois qu'elle ne fasse pas allusion à sa nuit agitée, mais son visage au réveil signifiait que les grands nettoyages dans la roulotte avaient eu lieu.

Les rêves et les migraines qui la clouaient au lit souvent racontaient d'elle tout ce que nous ignorerons, tout ce qui en faisait cette femme secrète, émouvante.

Sans doute Léon rêvait-il, lui, d'un monde de jardins, d'oiseaux frondeurs, de petits matins frais, de poèmes et de vins enchanteurs.

Mathilde, elle, voulait un monde sans guerres, des sonates et des nuits douces, des jours tranquilles, un ciel bienveillant auquel elle semblait accorder sa confiance.

Aux repas de famille, Léon chantait *L'Ami bidasse* avec un petit air canaille qui ne manquait pas de me surprendre, de m'intriguer, un contre-emploi absolu, cet humour troupier qu'il interprétait pourtant avec talent. Mathilde, elle, roucoulait *Plaisir d'amour ne dure qu'un moment, chagrin d'amour dure toute la vie* avec dans la voix l'écho tremblant d'un vieux souvenir.

Les seuls voyages que nous faisions enfants, avec Mathilde et Léon, nous conduisaient à Aurillac, la ville de grand-père. Nous n'avions fait aucun voyage avec les parents, si ce n'est un court séjour à Saint-Georges-de-Didonne, en Charente-Maritime, j'ignorais alors que Courbet était allé peindre là-bas.

Aurillac, c'étaient les dimanches aux repas somptueux, les brioches chaudes du matin faites par les vieilles tantes au retour de la première messe, à laquelle elles sont restées fidèles jusqu'à la mort. Et puis les après-midi à fouiller dans les mémoires, les promenades, le bel ennui des dimanches, et les rituelles photographies sur la terrasse. Lorsque je les regarde, j'ai douze ans, ma sœur en a six et notre frère est un bébé. C'est si loin que j'en ai le vertige, mais les petites filles ne désertent pas le corps des vieilles dames.

J’ATTENDS LE PRINTEMPS ; je surveille les jardins, ils sont nombreux à Paris. Le plus petit est sans doute le jardin des Oiseaux, dans mon quartier. Pas de fleurs, herbes en liberté, quelques bancs pour les rêveurs et les dormeurs occasionnels.

J’ai mis longtemps avant de décider de rejoindre la Furieuse, sans doute parce qu’il me semblait que c’était elle qui m’écrivait, que ses eaux tourmentées à la fonte des neiges pleuraient mes chagrins, que peut-être tous les livres que j’avais écrits m’avaient approchée d’elle, insidieusement, qu’ils étaient dans son élan, qu’elle ressemblait à mes nuits agitées. Je l’entendais hurler les mots à ma place, ils recouvraient les cris lointains de mon père, ces cris qui ravageaient notre enfance et le tuaient aussi sans doute peu à peu, ces cris qui m’auront peut-être empêchée d’aimer les hommes comme j’aurais voulu les aimer.

Depuis toujours, je voulais remplir le silence après les cris, lui donner corps, des corps, pour habiter ma vie. L'écriture est devenue peu à peu ma maison, très jeune. J'y habite seule, j'y ai toujours habité seule, même en famille, même auprès d'un homme aimé. Le silence ne me fait plus peur.

En découvrant le nom de la Furieuse, j'avais d'abord voulu écrire un roman, celui d'une femme désertant sa vie ordinaire et s'engageant dans un vagabondage jusqu'à cette rivière dont le nom la fascine, parce qu'il donne à la nature son droit aux mauvaises humeurs, aux colères dont elle ne se prive d'ailleurs pas. Cette femme trouverait refuge dans le vacarme de ses eaux à la fonte des neiges. Une complicité étrange se construirait entre elle et la rivière. La femme pourrait enfin crier son désespoir et la violence enfouie dans son corps et son esprit. Elle aurait enfin trouvé à qui s'adresser, et la nature apaiserait sa folie.

Elle serait partie sans bagages, juste le cahier noir dans lequel elle relève toujours des phrases lues ici ou là, son bréviaire, un entretien permanent avec les auteurs aimés.

Le quotidien répétitif n'était pas pour elle, il ne l'avait jamais été. Elle était toujours ailleurs, dans des cafés, dans des trains, des villes, tout ce qui s'emparait d'elle et la mettait dans ce qu'elle appelait ses états poétiques.

Et puis les corps, tant étreints, chavirés, les corps comme des îles conquises, des soupirs heureux.

Les jours qui l'enfermaient dans un monde figé depuis quelque temps la tenaient loin de ces paradis. Quelque chose en elle criait en silence.

Elle serait peut-être retournée à Prague, elle aurait retrouvé les cafés que hantaient les poètes de *Tendres barbares*, même si la plupart sont morts, comme Bohumil Hrabal et Pecka. Elle aurait arpenté le passage Lucerna, où rôde encore le fantôme de Kafka. Elle aurait cru entendre l'orchestre des bals d'avant, au sous-sol. Elle serait retournée à la bibliothèque des livres interdits et aurait pleuré en retrouvant ceux de Hrabal, signés de sa main.

Et puis j'ai renoncé à elle. Cette femme inquiète, c'était moi, mais j'ai emprunté le chemin d'une littérature aimée dans laquelle m'abandonner, des livres dont la compagnie me porte et m'accompagne.

J'AI ENCORE PENSÉ au jardin de Léon, au petit étang, et peut-être, lors de nos longs après-midi silencieux, revoyait-il des moments de cette guerre qu'il n'avait pas vécue jusqu'au bout, mais qui avait laissé en lui le sentiment tragique des destins. Peut-être entendait-il, dans le doux vol des libellules, le tonnerre du canon lointain et revoyait-il les corps de compagnons abattus. Si jeunes pour la plupart. C'était peut-être même ce qui le faisait chanter *L'Ami bidasse*, avec, derrière le rire, les sanglots du chagrin.

Je n'ai pas de souvenirs précis de ce qui m'habitait pendant ces heures irréelles. J'étais, je crois, dans cette innocente cruauté des enfants, qui savent vivre les jours avec une gourmandise infinie et regardent les adultes avec indulgence, ou plutôt le vague sentiment de leur fragilité, qui les inquiète. J'étais heureuse dans notre silence complice, mais, de temps à autre, je le regardais, déjà voûté, émue par ce corps fragile. L'émotion est encore là, peut-être parce que je suis presque parvenue à l'âge qu'il avait alors.

Je suis la femme de ce monde lointain, où la vitesse ne faisait pas loi, où un monde meilleur semblait encore possible.

Chaque être a un territoire qui le définit, même s'il a beaucoup voyagé. Je pense à Chateaubriand évoquant l'étang de Combourg de son enfance, et à sa fidélité à ce minuscule paysage qu'il évoque avec tendresse, lui ce grand voyageur, dont j'aime relire les Mémoires, la langue magnifique qui était la sienne.

Ce matin, j'ai traversé le Jardin des plantes, grande symphonie de couleurs et de verdure toute neuve. C'est le printemps tant attendu, avec les points noirs que font les corneilles qui fouillent la terre pour se régaler des larves d'insectes cachées sous ces teintes flamboyantes.

Personne. C'est l'heure que je préfère. Je me dirige vers l'allée du fond, celle où la nature en liberté, bien que retenue derrière des grilles, improvise un paysage aléatoire et réconfortant, où le désordre est d'une grande beauté. Je choisis souvent le même banc, comme à un rendez-vous. Je m'évade dans les mystères de cette forêt de poche.

Le silence est parfois interrompu par l'intervention d'un prisonnier du petit zoo, derrière, fausse note dans ce lieu de paix. Qui viendra délivrer ces malheureux ?

Tout au bout de l'allée, une silhouette apparaît soudain, un homme, grand, dont la démarche lente et hésitante retient mon attention. Il s'arrête de temps à autre, s'approche de la grille et reprend sa route. Sa silhouette se précise, il est encore jeune, beau. Les graviers crissent sous ses pas, nos regards se croisent, il se dirige vers moi.

Il me parle. *Puis-je m'asseoir près de vous ?*

Je ne lui fais pas remarquer qu'il y a d'autres bancs, tous libres. Je ne réponds rien, je lui fais une place.

Nous restons un long moment à contempler le petit monde ébouriffé. Je n'ai aucune appréhension, j'ai du plaisir à le partager sans les mots inutiles. Parfois une corneille se risque dans notre voisinage et repart bredouille, parfois une feuille décidément morte vole jusque sur le banc. Notre silence complice se déploie et s'accorde à celui de la nature. Un temps s'écoule, paisible et suspendu.

Puis il se relève, se retourne et me dit :

Je me souviendrai de vous pour ces instants en votre compagnie.

Je me contente de lui sourire. Je voudrais presque le retenir.

Je crois que je l'ai aimé, sans rien savoir de lui, ni même l'avoir regardé vraiment. J'ai toujours aimé la compagnie des hommes et, s'il convient de punir leurs crimes, je n'oublie pas ce que la vie leur inflige, leur a toujours infligé depuis toujours, les guerres. Quand je longe le mur du Père-Lachaise, dans mon quartier, où s'affiche désormais la longue et effroyable liste des morts de la Première Guerre mondiale, quand je me souviens de la guerre d'Algérie, dont certains sont revenus blessés ou meurtris à jamais, de toutes les guerres, comment pourrais-je détester les hommes parce que certains se conduisent mal ?

Je suis sortie du jardin, j'ai pensé à la perte d'amis, à l'amitié, qui est peut-être aussi de l'amour.

Le ciel soudain se chargeait, la pluie est arrivée et j'ai marché sur les trottoirs déserts.

Pendant la nuit, j'ai tenté de me souvenir de quelques détails de l'homme du Jardin des plantes, mais je n'avais de lui qu'une silhouette évanescente, une voix un peu basse, un grand corps.

Et j'ai pensé aux hommes que j'ai aimés, je pouvais retrouver cet état de désir qui m'élançait vers eux. J'en étais bouleversée.

J'ai mis la radio en marche. Dans la nuit, elle m'embarque vers d'autres temps, d'autres horizons, et parfois me rappelle d'autres soirs lointains dans la campagne paisible, quand nous écoutions quelque concert que la voix d'outre-tombe du présentateur annonçait avec emphase, ou encore du théâtre. Léon dans son fauteuil, béret basculé sur le nez, somnolait comme un vieil enfant, Mathilde tricotait, nous les enfants remplissions des cahiers de dessins avortés et d'histoires où nous massacrions l'orthographe. Le tic-tac de l'horloge se mêlait de rythmer le temps, un temps trop court qui déjà nous échappait. Les papillons de nuit tournaient autour de la lampe et s'écrasaient sur la table. Parfois, nous sortions pour contempler le ciel étoilé.

Il me semble n'avoir jamais quitté ces instants suspendus, accrochée aux voix surgies de vieilles émissions et qui ressuscitent un monde disparu.

Il était impossible de rompre le charme de cette harmonie. Nous avions peut-être déjà l'intuition de sa fragilité. C'était la cérémonie du soir, le recueillement avant l'abandon du sommeil. La radio devenait pour moi l'éternelle et nécessaire compagne qu'elle est encore.

C'était un temps lumineux, un immense horizon, devenu flou aujourd'hui.

C'ÉTAIT QUAND HIER? Mon ami André Vers avait ainsi titré son dernier livre. Je lui rendais visite dans son appartement près des Halles, dans l'immeuble où ses parents avaient été longtemps concierges. Il m'avait beaucoup parlé de ses amis disparus, qui auraient pu être les miens, André Hardellet, Brassens, René Fallet. Et aussi de la campagne où il allait souvent. Lorsqu'il avait quitté ce quartier, qui avait déjà perdu son âme, à la fin des années 1970, pour aller vivre près du périphérique, dans un de ces bâtiments déprimants qui le jalonnent, j'ai compris qu'il s'en allait, sans le dire, sans le savoir non plus, et d'ailleurs nous nous sommes perdus, en silence. Ce monde qui arrivait n'était pas pour lui et aujourd'hui je comprends son désespoir, qui est de plus en plus le mien. Il y a dans le nom de la rivière qui m'attire un peu de cette poésie qui me manque, et qu'il aurait aimée.

Dans un film de Claude Sautet, Michel Serrault dit en désignant l'ordinateur sur lequel pianote Emmanuelle Béart : *C'est ça qui est effrayant. Une mémoire et pas de souvenirs.*

J'INVENTE LA CAMPAGNE de Courbet, les grottes, les rivières, les forêts, mais c'est la mienne que je vois et dont je tente de retrouver la simple beauté, où je me rêve, frêle silhouette adolescente que je promenais sur les chemins baignés de soleil. Pas une prairie, pas une clairière n'avait de secret pour nous. Nous étions à bonne école avec les petits paysans, dont les audaces nous subjuguaient et nous apprenaient à fréquenter un paysage.

Léon et Mathilde nous avaient inventé un loup solitaire habitant une ancienne grange, devant laquelle, à la nuit tombante, un rituel avait lieu. Nous interpellions l'animal supposé (nous étions persuadés de son existence) et son silence inquiétant faisait planer sur les collines et les bois des dangers merveilleux. Nous nous savions protégés.

Beaux mensonges.

Le chien, dédaignant ce cérémonial dont il avait tôt compris le subterfuge, tentait sa chance dans les buissons, où quelque animal insomniaque aurait pu traîner avant de regagner son logis.

Nous rentrions sous ce ciel étoilé que je n'ai retrouvé qu'au bord du Baïkal, me semble-t-il. La nuit magique de ce temps-là reste en moi comme un appel lointain dont l'écho me poursuivra jusqu'au bout.

Parfois, nous passions devant la ferme voisine, dont les enfants étaient nos complices, mais elle voguait souvent sur la pleine mer du sommeil et son innocence imprudente. Un avenir guettait déjà ce paradis pour le faire disparaître.

C'est cette campagne-là que je prête à Courbet en attendant de découvrir la sienne. Je me raconte un voyage proche maintenant.

J'ai toujours pensé être en dette avec la nature, sans laquelle je ne sais ce qui serait advenu de moi, tant mes souvenirs d'enfance ne sont que perpétuelles aventures champêtres et buissonnières, lors desquelles, j'en ai la profonde certitude, j'ai tout appris de ce qui m'était nécessaire.

La Maison des bois de Pialat est cet éternel été de l'enfance, même en pleine guerre mondiale, où trois petits Parisiens sont en pension chez un garde champêtre et sa famille, tandis que leurs pères respectifs sont au front. Ils s'épanouissent dans une campagne semblable à celle que j'ai connue. *Les Trois Beaux Oiseaux de Paradis* de Maurice Ravel accompagnent ces images du bonheur qui me bouleversent, Ravel qui d'ailleurs s'était engagé malgré sa santé précaire et conduisait des camions, ne pouvant affronter la violence des tranchées.

Je n'ai pas de souvenirs des hivers de mon enfance, sauf celui où une pneumonie a failli m'emporter en l'absence de médicaments nécessaires. J'ai su que je flirtais avec la mort, il m'en reste une sorte de rêve éveillé où les adultes étaient mes fantômes dont je n'avais pas peur, mais dont l'inquiétude ne m'échappait pas.

Ce soir, je relis ce court et lumineux roman de René Laporte écrit à la fin de la dernière guerre, *Hôtel de la solitude*, dont j'aime ces mots : *Partir, le mot – un bon vieux mot poétique qu'il n'avait pas prononcé depuis longtemps – le fit sourire. Il songea aux trains, treilles fuyantes qui traînent leurs grappes d'hommes*... Un premier voyage de cet homme après l'Occupation et le malheur. L'écriture, fébrile et désirante, m'avait profondément émue. Je l'avais lu avec en tête des images de la fin de la guerre à Poitiers, celles de la femme tondue qui habitait dans l'appartement au-dessus du nôtre, tandis que l'homme à l'hôtel de la solitude tombait amoureux de celle qui venait d'arriver dans cet hôtel vide, comme un ange tombe du ciel.

J'ai souvent envie de courir vers une gare, de prendre un train au hasard, de me perdre dans une ville. Je l'ai fait quelques fois. Et aussi, j'aime que les nuits laissent rôder mes voyages. Je m'invente un paysage que je ne connais pas encore, je suis comme une vieille enfant tout entière portée par l'envie. Juste une rivière, aujourd'hui. J'écris comme on s'échappe, pour un retour à un monde possible, un appel à l'enfance, ce qui reste en moi de sa lumière.

J'ai grandi dans les petits appartements modestes d'après-guerre, où la toilette se faisait sur l'évier de la cuisine, où il fallait descendre à la cave pour remonter les seaux de charbon, où les lits des enfants étaient au pied de celui des parents, derrière un rideau, dans un coin de pièce. Cela n'empêchait ni les sommeils profonds, ni les rêves. Très tôt, je me suis inventé des lieux imaginaires, des chemins de traverse. Les dortoirs d'un pensionnat, les chambres aménagées plus tard n'ont pas su, bien au contraire, venir à bout de ce goût pour l'ailleurs. Amours fusionnelles, rencontres fugitives, voyages, chambres d'hôpital n'ont fait que l'amplifier. J'aurais aimé une vie nomade que je n'ai pas eu le talent de vivre.

Mais j'ai aussi aimé mon séjour dans ce couvent de Ferrare, pour trouver dans la ville et le delta du Pô ce qui m'aiderait à nourrir *Un certain Felloni*, mon livre empruntant à Bassani le personnage d'une de ses nouvelles. Chaque matin, j'entendais le bruissement des jupes des nonnes courant vers la chapelle pour la prière à laquelle je n'assistais pas, moi la mécréante. Elles frôlaient la porte de ma cellule et, malgré leur âge avancé, ressemblaient à des jeunes filles amoureuses.

J'éprouvais une paix immense entre ces murs, à écouter leurs voix cristallines. Je relisais *Moderato cantabile*, j'étais une sœur d'Anne Desbaresdes, qui elle n'en pouvait plus de sa chambre, dont la fenêtre donnait sur le sombre hêtre qui lui barrait le monde, lui faisait désirer Chauvin, et même le pire. Je revoyais Jeanne Moreau, dans le film de Peter Brook, qui vient de disparaître, rôder autour du café de la Gironde pour ne pas rentrer chez elle. Je la comprenais si bien. Je me récitais des bouts de phrases de Duras, qui me manque elle aussi, tellement. C'était un moment difficile, j'avais déserté ma ville habituelle, mes murs, mes rues trop faciles. En fermant les yeux, je retrouve ma petite cellule et je suis triste parce que le couvent trop vétuste n'existe plus, et que les nonnes se sont dispersées je ne sais où.

Le départ approche. Je rejoins moins souvent la Seine, sans raison précise. Mes nuits sont encombrées d'images, de forêts, de sources, et le petit étang se faufile dans ces divers paysages. Ni Léon ni moi ne sommes présents, mais j'entends le chant disgracieux des grenouilles. Je n'ai plus dix ans depuis si longtemps, la maison n'est plus la même et les arbres du jardin ont disparu. Je cherche le chemin dans les hautes herbes, j'appelle le chien qui ne répond pas. Je m'enfonce dans un marécage, il pleut, il faudrait rentrer les transats et le linge qui pend dans le pré, mais personne ne bouge et je n'avance plus, empêtrée dans les herbes et la terre dans laquelle je m'enfonce. Je pleure.

Et je m'éveille.

Il est trop tôt pour sortir. J'ouvre mon journal, je le feuillette et je cherche cette phrase de Chris Marker dans *La Jetée* : *Rien ne distingue les souvenirs des autres moments : ce n'est que plus tard qu'ils se font reconnaître, à leurs cicatrices.*

Je décide d'aller prendre mon petit déjeuner dans ce minuscule café du Marais où j'aime croiser les yeux bleus du vieux serveur. Et puis je rejoindrai la Seine, longerai les quais jusqu'au pont des Arts. Ensuite j'improviserai. Je sais faire.

La pluie soudaine en décide autrement. Paris aime la pluie, je l'aime aussi. Les trottoirs sont presque déserts, je suis sans but précis, mais toujours poursuivie par une phrase inachevée, une image à laquelle je renonce. Je compte les jours qui me rapprochent du départ. Je souris, on dirait que je me prépare à une expédition lointaine. C'est une expédition d'une autre sorte, une fuite dans le temps. Je suis comme le personnage de *La Jetée, il demandait qu'on lui rende le monde de son enfance…*

Le serveur aux yeux bleus n'est pas là, c'est son jour de congé, me dit son collègue. Je grimpe sur un tabouret et rêvasse en sirotant mon café.

Je m'engage à nouveau dans la cohue. Je cherche où me réfugier pour écrire, un endroit de hasard. J'entre dans un café que je ne connais pas. Sur une table, je trouve ce questionnaire dans un journal abandonné auquel je réponds :

Quelle est votre idée du bonheur parfait ?
C'est une idée qui m'ennuie.

Quelle est votre plus grande peur ?
Un monde de machines.

Quelle est, ou fut, votre plus grande folie ?
Trop intime.

Quelle est pour vous la vertu la plus surévaluée ?
L'obéissance.

Quel est votre plus grand regret ?
Ne pas savoir marcher sur un fil.

À *quelles occasions mentez-vous ?*
En face d'un menteur.

Quelle est la chose que vous aimeriez changer en vous ?
Pour quoi faire ?

Sous quelle forme aimeriez-vous revenir ?
Un cheval.

Quelle est la qualité que vous préférez chez un homme ?
Le charme discret.

Et chez une femme ?
La lumière.

Comment aimeriez-vous mourir ?
Consentante et plutôt en été.

Un écran gigantesque s'allume soudain, une musique vulgaire surgit.

Je sors, il pleut toujours, la Seine frissonne et devient grise, je marche longtemps, mon parapluie fermé à la main, sans m'en rendre compte. Quelques sourires de passants m'intriguent, l'un d'eux me suggère de l'ouvrir.

Je n'ai rien écrit ce matin.

Je me souviens de ce beau récit d'Henri Bosco, *L'Enfant et la Rivière,* lu il y a fort longtemps chez une petite camarade de classe où j'allais souvent les jours sans école. J'ai voulu le relire et je l'ai cherché dans des librairies. Et puis j'ai mis *Une rivière verte et silencieuse* dans ma valise.

Nous n'étions pas amis, Hubert Mingarelli et moi, mais il savait à quel point ses livres me bouleversaient, je le lui avais dit. Je n'avais pas encore entendu parler de la Furieuse et sa dédicace résonne étrangement aujourd'hui. Il avait beaucoup navigué et racontait qu'il se construisait un bateau, j'espère qu'il a pu aller en mer avec, avant de mourir, si tôt. Je me souviens de son visage toujours un peu inquiet et de son beau regard, qui semblait dire la fatigue d'être déjà un homme. Sur la quatrième de couverture, il y a écrit aussi :

Mais surtout, les rivières sont-elles vertes et silencieuses comme dans nos souvenirs ?

Je l'ai relue plusieurs fois comme on écoute une musique qui traverse le corps, une toute petite musique qui sanglote parfois, mais ce sont des larmes de lumière.

En mettant ces deux livres dans mes bagages, j'ai l'impression d'y ajouter ma poussière d'enfance. Peut-être ce voyage n'est-il au fond qu'un retour.

Je pense que les pêcheurs à la ligne tentent désespérément de ralentir le monde. Il y a dans leur patience et leur entêtement toute l'ardeur des engagés pour les grandes causes. Mon grand-père, lui, était un militant des heures longues et de la rêverie.

Je me souviens de nouveau des dimanches sur les bords de Marne avec l'homme aimé et le chien noir. Pour nous, c'était autre chose, nous militions pour un monde meilleur.

Il y avait dans ces journées de parenthèse une respiration, la tentative sans doute de construire quelque chose que nous n'avons pas su aboutir, un bonheur long et serein. J'aimais les préparatifs, les paniers remplis de nourriture, les hameçons, les bouteilles d'eau et de bière, les chapeaux, les livres et l'écuelle du chien qui savait déjà tout et manifestait une certaine appréhension. La journée serait longue pour lui et il nous jetait quelques regards pleins de rancune.

J'aimais follement ces petits matins humides et frais qui nous étreignaient lorsque nous sortions de la voiture et qu'il fallait trouver l'endroit magique en foulant l'herbe humide. Sans doute mes souvenirs d'enfance participaient-ils à mon enthousiasme et prenaient-ils des airs d'éternité.

Avec Léon, point de préparatifs, nous ne déjeunions pas au bord de l'étang, la maison était à deux pas. Nous répondions à l'appel de Mathilde, une longue plainte, Léooon… qui s'envolait jusque dans les bois, et nous rentrions. Il y avait les jours glorieux où les carpes se décidaient à quitter la vase pour nos hameçons, des heures magiques et pleines de rires. La pêche à la ligne est un sport de combat immobile. J'aime croiser les silhouettes tranquilles de ses adeptes, dont la patience m'apaise.

Il y a dans les livres des pistes inattendues qui soudain nous racontent nos vies, du moins se raccrochent à elles.

C'est en lisant que Courbet fut heureux en Saintonge, où il peignait d'heureuses toiles, à Royan, à Saint-Georges-de-Didonne, que l'ombre de mon père s'est mêlée à la sienne. La Charente-Maritime était son pays et c'est aussi à Saint-Georges-de-Didonne, où nous passions notre seul été en famille, que la maladie s'est emparée de lui pour ne plus le quitter.

Comme Courbet, il avait eu une enfance à la campagne, où son père n'était pas paysan, mais chef cantonnier. Mon père, un grand corps massif avec la douleur de vivre à l'intérieur. Il n'était pas peintre, mais avait dessiné jusqu'au bout, un homme multiple et inaccessible. Connaissait-il l'œuvre de Courbet et ce court moment de sa présence en Charente ? Ce qui est certain, c'est que, lors de la Commune, ils n'auraient pas été du même côté des barricades.

Lorsque je suis retournée à Saint-Georges-de-Didonne, il y a quelques années, je n'ai pu retrouver la maison où nous avions passé ces quelques jours, lui dans un lit, notre mère et nous sur la plage. J'ignorais alors qui était Courbet et, de toute façon, le seul peintre pour moi était mon grand-oncle…

La prose de David Bosc fait une belle esquisse de Courbet :

> *Son œil ne tenait pas sur les jardins mignards, mais il y avait les fleurs. Et le paradis de Courbet, c'était peut-être au cœur de la forêt, dans le maelström de la sauvagerie, un grand corps fait de fleurs.*

Chez les Courbet, on lisait et on écoutait de la musique.

De sa peinture, c'est le geste que j'aime imaginer et qu'il déploie avec la force de l'orage sous des ciels ombrageux, le regard fou de son *Désespéré*, et puis sa tendresse pour le corps des femmes, qu'il voit parfois comme un paysage avec ses mystères, ses rivières, ses grottes et ses vallées des ténèbres. Une peinture où il plonge tout entier, comme dans la Loue. C'est cet homme-là qui me touche.

J'ai besoin d'un ciel clair et de douceur pour affronter les dernières rigueurs de l'hiver et les nuits trop longues.

Y a-t-il près de la Furieuse cette même lumière qui m'obsède et qui me manque tant aujourd'hui ?

Je pars demain.

Étrange fut cette impression d'un retour vers la Furieuse que je n'avais jamais vue. Comme si nous ne devenions que souvenirs au fil du temps, même si nous les inventions.

Tout le temps du voyage fut un sommeil éveillé, une sorte d'évanouissement merveilleux.

Je l'ai cherchée dès mon arrivée à Salins, avant même de m'installer dans le petit studio perché entre les deux forts qui jadis surveillaient les éventuels trafiquants du sel.

Je la reconnaissais sans la connaître, toute douce, ce jour-là. Printanière, pimpante, elle chantonnait. Je l'ai longée sur tout son parcours dans la ville et j'ai repéré les lieux de nos rendez-vous futurs, chaque matin et chaque soir, surveillant ses humeurs, ses reflets changeants, ses tourbillons, son roucoulement, sa joie de vivre.

Ainsi allais-je m'installer dans une parenthèse onirique, la fréquentant dans le parc des Cordeliers, derrière le musée du Sel, où les murs renvoient l'écho de ses cabrioles, et à la sortie de la ville, où, soudain libérée, elle fredonne, prend ses aises et file vers des aventures champêtres où j'irai la surprendre.

C'est une joie enfantine qui s'empare de moi. Je retiens des larmes, le bonheur m'a toujours fait pleurer. L'étrange sentiment d'avoir retrouvé mon chemin va m'accompagner pendant tout mon séjour. Très vite, j'ai su quelles rues seraient les miennes, dans quel café j'irais écrire, quels visages je garderais en mémoire.

Le chat gris de la maison qui abrite mon studio a la courtoisie de m'accompagner dans le jardin suspendu, et il me répond lorsque je l'appelle depuis la fenêtre de ma chambre. Sa maîtresse, grande lectrice et grande marcheuse, va m'entraîner dans l'intimité d'une nature somptueuse que le printemps magnifie. Nous respectons notre intimité avec beaucoup de délicatesse, qui n'empêche nullement de longues conversations, le plaisir du théâtre à Dole, de la musique à Besançon, une fête dans un jardin romantique et des balades aventureuses dans une nature qui se révèle à moi avec la force et la beauté que Courbet a su retenir dans ses toiles. Courbet dont je veux approcher les terres et les grottes infernales. Leurs hurlements devaient sans doute le hanter lorsqu'il était à Paris, comme me hante le silence voilé du petit étang.

La source du Lison ressemble à un début de fin du monde, gigantesque, assourdissante, somptueuse, elle vomit sa colère et sa force dans un fracas d'une beauté qui prend le corps. L'œuvre du peintre y a son âme. En découvrant sa tombe dans le silence ému d'un cimetière, j'entends, comme venus des profondeurs, les sanglots de cette eau sauvage, comme ceux d'un chagrin inachevé.

J'AIME INSTALLER des habitudes éphémères qui rythment les jours, lors de mes voyages. Le studio se trouve tout à côté d'une l'église dont l'horloge sonore accompagne ce temps suspendu. J'écris peu, des mots, des instants, je savais qu'allait entrer en moi tout ce que j'étais venue chercher et que j'emporterais en quittant Salins.

Il arrive que les enfants du collège proche du studio passent sous mes fenêtres, une joyeuse cohue qui me transporte dans un autre temps. Parfois des voix autoritaires mettent fin à ce joyeux désordre. *Tu n'es plus un enfant*, ai-je entendu ce matin, dit par une voix adulte et sévère. Nous avons tous entendu, peut-être même prononcé, cette phrase cruelle qui annonce une sorte de fin du monde. Soudain le temps se met en marche. Il nous pousse vers un horizon incertain. Alors il faut inventer des actes de résistance. Il s'agit d'être encore et toujours au plus près de soi, de ce commencement de tout qu'est l'enfance, cette conscience lumineuse qui confond l'éternel et l'éphémère, le rêve et la réalité. Il s'agit d'aller ainsi jusqu'au bout, même si la tentative est éprouvante et parfois désespérée.

Vivre sa vie d'adulte n'est peut-être que soigner cette blessure. Car l'enfance est toujours inachevée, quand elle n'est pas saccagée par la guerre, la barbarie ordinaire, jusque dans l'intimité des familles.

Dans certains regards, j'ai déjà vu l'inquiétude, l'intuition d'un monde précaire, cette intelligence qui rôde dans les jeux les plus innocents. Mais il y a aussi des enfances éternelles, comme celle de Jackie Cogan, le Kid, que l'âge d'homme a pourtant rendu obèse et mortel. L'image bouleversante qu'il incarne dans le film de Chaplin est immortelle, comme l'est celle du petit Enzo Staiola dans *Le Voleur de bicyclette*.

Je me penche à la fenêtre, quelques visages se tournent vers moi, je leur souris, ils sont tous beaux et leur joie de vivre me fait du bien. La journée commence pour moi aussi.

J'AI DE SUITE adopté un rythme quotidien. Chaque matin, je rejoins la rivière comme on court à un rendez-vous amoureux. Elle gazouille déjà lorsque je descends le bel escalier qui me rapproche d'elle et que je plonge mon regard sur son fond lumineux où frétillent quelques truites. Je reste de longs moments à scruter les reflets du ciel sur l'eau, de subtiles variations qu'il faut saisir avec vigilance et qui me ravissent. Parfois le petit étang se faufile dans ces fragiles instants.

Le parc des Cordeliers est à peine éveillé à cette heure matinale où le chant des oiseaux crépite en petites étincelles joyeuses. Il n'y a personne le plus souvent, c'est un peu tôt. Je passe devant les jardins suspendus au-dessus de la Furieuse, minuscules univers intimes, avec presque toujours une chaise, un tabouret d'où l'on peut contempler son domaine ou encore les travaux accomplis. Les jardins comme havre de paix, où la patience fait office de philosophie, où les guerres sont vaincues par leur silence.

J'entre ensuite au café du Commerce, la serveuse commence à me connaître, je suis un nouveau visage au milieu des habituels clients. Puis je rentre avec en tête des phrases décousues que je tente de retenir jusqu'à mon arrivée. Une journée peut commencer, souvent par la lecture buissonnière des livres auxquels j'ai accès, ils sont nombreux dans ma chambre. Mais, ce matin, j'ouvre *Une rivière verte et silencieuse* et je retourne dans le parc des Cordeliers.

La beauté de ce texte est magnifiée par sa simplicité. Il y règne une ferveur singulière, un vertige plutôt. L'enfant et son père dans l'ordinaire des jours difficiles, les beaux mensonges et les autres, le rêve éveillé, la grâce, le secours de l'imaginaire. Le relire dans le parc des Cordeliers avec la petite musique de la Furieuse lui donne un éclat, une force qui me submerge. Je lis à voix haute, il y a quelque chose de la prière dans ce monologue intérieur de l'enfant, quelque chose de magique aussi, que seul ce moment de la vie pouvait lui offrir et qu'il sait prendre.

Dans le silence de son tunnel de verdure, avec ce talent qu'on a à cet âge pour inventer un monde qui n'existe pas, il est celui qui veille sur le père, dont le désespoir muet et irresponsable met leur vie en danger. Son fils en paie le prix, sans rien dire, comme un homme qu'il sera sans doute. C'est ainsi qu'il se protège et son père avec lui.

Je pourrais relire indéfiniment ces pages lumineuses comme on répète des mots magiques qui vous tiennent haut dans le ciel quotidien. De tous les textes de Mingarelli, c'est sans doute celui que je préfère, il est celui dont la lecture près de la Furieuse me permet de lui dire trop tard que sa dédicace m'a portée jusque-là, même s'il ne peut m'entendre.

L'émotion est grande, ce n'est pas la vieille dame qui lit, c'est la gamine que j'étais au pays du petit étang.

Il y eut cependant un matin où les quelques bancs du parc des Cordeliers étaient tous investis, à ma grande surprise, tant j'étais habituée à y être seule. Des solitaires dont j'aurais aimé connaître les raisons de la présence, n'imaginant pas ou ne voulant pas imaginer qu'elle pût ressembler à la mienne, un rendez-vous avec la rivière. D'ailleurs, aucun ne s'en approchait et tous semblaient suivre mes déambulations le long du courant. Ne pouvant lire à haute voix les dernières pages d'*Une rivière verte et silencieuse,* j'ai poursuivi mon chemin jusqu'à l'hôtel des Bains pour y prendre un café et lire en silence.

Et puis j'ai voulu trouver la source de la Furieuse, là où elle est minuscule et saute dans une sorte de berceau de pierre, puis se faufile dans le fossé en prenant vite des forces avec déjà sa petite musique joyeuse. J'ai voulu aussi la suivre dans ses vagabondages jusqu'à son embouchure. Je la voulais tout entière. Mon corps, parfois douloureux et las, avait une soudaine légèreté, j'étais légère et désirante.

Deux complices m'ont accompagnée jusqu'à la plage de la Chapelle, deux femmes qui marchent souvent dans ce Jura somptueux que le printemps tout neuf magnifiait. Sous l'ombre douce des arbres, je pouvais imaginer les jours d'été où l'on vient se baigner dans une eau claire et peu profonde, les cris joyeux des enfants, les corps abandonnés sur l'herbe, la lumière, la nature paresseuse sous un soleil brûlant. Nous avons suivi la rivière à travers champs, dans des herbes folles et les renouées du Japon, tandis que l'eau vagabonde fredonnait derrière le rideau d'arbres. Elle prenait toute la lumière du ciel, se contorsionnait, laissait parfois affleurer des bancs de sable ou de cailloux blancs, et j'avais l'impression de la connaître depuis toujours.

J'écoutais les souvenirs que partageaient mes deux compagnes, je les enviais, moi je n'osais leur parler du petit étang, ni de Léon, nous nous connaissions si peu, même si j'avais l'impression d'une complicité naturelle. J'avais affaire à deux marcheuses aguerries et je trottinais derrière elles.

Il fallut franchir des fossés, l'intimité avec le paysage qu'avaient ces femmes leur inspirait toutes les audaces, auxquelles je me joignais, non sans maladresse parfois. Le beau temps nous donnait des ailes et c'est dans ce bel élan que nous sommes parvenues jusqu'à l'intime rencontre entre la Furieuse et la Loue, une sorte d'élan amoureux où la Furieuse se donne éperdument, une embrassade qu'emporte la Loue.

J'aurais voulu découvrir la Maison des surveillants de l'eau, que Nicolas Ledoux avait imaginée et sous laquelle serait passée la Loue, mais son projet ne s'était pas réalisé. J'ai pu cependant admirer ses merveilleuses maquettes exposées à la Saline royale d'Arc-et-Senans. L'architecture, lorsqu'elle est belle, qu'elle sublime l'espace, peut se lire comme de la poésie. Et Ledoux était un poète, un peintre, ses maquettes sont presque musicales. Tout en m'émerveillant devant tant de beauté, je me souvenais de ce vieux palais sur les hauteurs de Palerme où un autre poète avait imaginé de faire couler une eau fraîche entre les murs surchauffés par le soleil, tel un ruisseau vagabond et frondeur, tandis que des tentures se déployaient comme les voiles d'un bateau donnant l'impression du grand large, d'un voyage immobile.

Au fil des heures, à perdre mon regard dans le courant, quelque chose d'étrange survint peu à peu, des images embrouillées de voyages que semblaient porter ces eaux joyeuses, et qui me racontaient des moments de ma vie comme si j'étais venue à ma rencontre, comme si depuis quelque temps je me cherchais dans un monde qui me devenait étranger et dans lequel je me perdais.

C'est ainsi qu'un matin les images apparurent dans l'eau limpide de la Furieuse, qui semblait narguer le ciel nuageux. Elles s'écrivaient sur les roches claires qui les déformaient et j'imaginais soudain l'aéroport José-Martí, je sentais la touffeur de l'air. Il faisait nuit quand nous étions arrivés, mais les Cubains ne semblaient pas dormir. Nous avions improvisé une errance fantomatique jusque sur l'immense place où le beau visage du Che, sur la façade du ministère de la Révolution, semblait nous attendre. J'ai fermé les yeux pour mieux nous voir sur cette immense place, un peu ahuris par la fatigue du voyage, avec nos certitudes et nos illusions, au tout début des années 1980.

Au lever du jour, La Havane se révéla peu à peu, somptueuse et ridée comme une vieille dame. Je revoyais les voitures américaines du temps de la prohibition, repeintes en couleurs acidulées sous lesquelles les Cubains s'efforçaient de redonner vie à leur entrailles, et qui naviguaient comme des paquebots sous les palmiers royaux, le long de la grande coulée de marbre, jusqu'au Prado.

L'hôtel Marazul, en dehors de la ville, faisait face à une immense plage où quelques Russes, dans leurs maillots ridicules, debout et alignés face au soleil, puis lui tournant le dos sous les rires étouffés des jeunes Cubains à l'insolente beauté, créaient une désagréable impression. Nous tentions, quant à nous, de ne pas afficher notre triste pâleur. Il y avait longtemps que ce voyage ne m'avait pas rattrapée. Il m'arrivc parfois d'ouvrir ces cahiers remplis de notes, de billets de train ou d'avion, de tickets divers et variés, de photographies, une avalanche d'images, d'odeurs, de visages, qui me plongent dans une sorte d'apesanteur, un hors-du-temps où le vertige me saisit.

Je me souvenais d'une exposition de Wifredo Lam, de la Bodega del Medio où Hemingway avait, paraît-il, ses habitudes. Je revoyais ces deux gamins nous approcher et nous demander d'où nous venions. Ils n'avaient jamais entendu parler de la France et voulurent savoir où la situer.

Je revoyais les mangues au petit déjeuner et j'ai eu leur parfum en bouche.

Je revoyais Castro sur l'écran gigantesque de l'hôtel, se pencher comme pour faire une confidence, levant le doigt et racontant une belle histoire à laquelle nous ne comprenions rien. Les employés de l'hôtel ne s'en préoccupaient pas, ils la connaissaient trop, sans doute, ou la subissaient.

Puis nous nous étions un peu perdus dans une nature somptueuse, où des paysans à fière allure sur leurs chevaux, chapeau de paille à larges bords, et parfois cigare en bouche, toujours droits sur leur monture, avançaient avec lenteur comme le commandait la chaleur. Souvent, quelques vaches aux étranges longues oreilles traversaient au mépris d'un code de la route d'ailleurs inexistant.

Nous constations les signes de la surveillance étroite dans les quartiers, dans les villages. Mais, au coin d'une rue, une musique discrète et des hanches qui bougent sous la robe, des corps qui exultent malgré tout.

Nous étions repartis, pas vraiment désenchantés, juste inquiets. Ces images prenaient l'aspect d'un rêve, qui se poursuivit les jours suivants. Ce passé déjà lointain prenait soudain toute sa place et, dans le calme du parc des Cordeliers, je le relisais, comme je l'avais fait avec les livres, un peu bouleversée.

Prise au jeu des souvenirs, quelques jours à Londonderry et Belfast, cinq ans après le Bloody Sunday, me rattrapèrent. L'armée anglaise était encore là, le couvre-feu aussi, et nous avions des difficultés à trouver où dormir, les portes restaient fermées, pas toutes cependant. Ces deux villes industrieuses et pauvres avaient mauvaise mine. Quelque chose de fragile rôdait dans les rues, une violence silencieuse, une solidarité aussi.

Je me souvenais de ce garçonnet qui vendait des journaux sur le trottoir, haut comme trois pommes et dont le regard racontait une vie qui n'était pas de son âge. J'avais alors aperçu un titre en gros caractères sur un des journaux, annonçant la mort d'Elvis, qui fauchait ainsi ma déjà fort lointaine adolescence.

Je suis retournée plusieurs fois en Irlande et le séjour le plus joyeux et mouvementé fut l'échappée en roulotte, tirée par Grace, une jument facétieuse et autoritaire, qui nous avait promenés presque jusqu'à Sligo, entre mer et champs de tourbe, refusant d'assumer seule la moindre côte, exigeant notre présence à ses côtés. Chaque matin, lorsque j'allais la chercher dans le pré, presque toujours proche d'un pub, elle attendait que je lui montre une petite tartine pour me rejoindre. Nous lui parlions un anglais sans doute ridicule, auquel elle semblait sourde, et se gonflait le ventre dès que j'empoignais son harnais. Lorsque nous croisions d'autres chevaux, je la soupçonnais de propos ravageurs nous concernant, que je croyais entendre dans leurs hennissements. J'ai beaucoup aimé cette capricieuse.

Je ne suis pas allée sur les îles d'Aran, mais j'aime revoir les images de *L'Homme d'Aran,* de Flaherty, tourné dans les années trente, ce couple tentant d'inventer un jardin potager sur la crête d'un rocher battu par les vents et les embruns. Le noir et blanc superbe et leur solitude me font penser à *L'Île nue,* de Kaneto Shindo, sorti bien plus tard, où un couple de pêcheurs essaie de survivre dans le même dénuement. Le grand silence solennel et dépouillé de ces deux films, les gestes humains qui ressemblent à des gestes de naufragés malgré la force et la détermination de leur résistance, me bouleversent.

Mais j'aime les brumes et les gris du ciel, les plaintes des bateaux dans les ports et les petits cafés sombres d'où on peut les regarder en rêvant.

J'aime aussi les pubs enfumés et joyeux, où l'on chante, tous âges confondus, jusqu'aux heures troubles de la nuit, et les ombres fragiles qui s'en éloignent lorsque l'heure est venue.

Ce matin, au café du Commerce, le grand écran affiche une image immobile et silencieuse de la guerre en Ukraine. Immeubles effondrés, calcinés, rues désertes, parfois un visage figé par la peur ou la souffrance. Aucun son, les mots sont inutiles.

Me reviennent alors des images de l'été 1999, je traversais la Sibérie en redécouvrant Dostoïevski grâce à la nouvelle traduction d'André Markowicz, tandis que Poutine accusait les Tchétchènes après un attentat non revendiqué dans un grand magasin de Moscou, avant de déclarer une guerre barbare à leur pays et de prendre le pouvoir au Kremlin.

Parfois, au cœur de certaines nuits, je redeviens la passagère éblouie de ce train qui ressemblait aux trains de mon enfance et dont le ronronnement me berçait. Je ne pourrais plus faire ce voyage aujourd'hui, et il m'arrive de penser que peut-être le monde se referme sans bruit, si ce n'est celui des guerres ici ou là.

Je revois le faux Lénine sur la place Rouge à Moscou, se faisant photographier comme une star. Je marche dans la rue Arbat, avec ses vendeuses de chatons sur coussins. Je me souviens des petits trains de banlieue le dimanche, des babouchkas qui vendent n'importe quoi, des filles fardées comme des poupées. Je revois la petite ville aux trois rivières, où Andreï, l'amoureux de Katia, dont les tableaux n'étaient pas à mon goût, rêvait d'une croisière sur la Volga. Je revois les petites maisons de bois posées sur la terre battue, au confort minimum, mais où les napperons et les dentelles défiaient la pauvreté.

Ce voyage où nous avions évité tous les pièges du tourisme, où nous n'avions croisé et fréquenté que des Russes, dans un train russe, dans les villes, et jusqu'au Baïkal, où les enfants d'un minuscule village venaient faire une toilette vespérale chaque jour et nous interpellaient en riant, reste lumineux, et lutte contre la violence de la guerre en Ukraine que l'image fixe de l'écran m'impose.

Les forêts de bouleaux avant Ekaterinbourg, les barres d'immeubles abandonnés au milieu de rien, les friches industrielles se superposent à cette image immobile. Je vais retrouver le chant perpétuel de la Furieuse, un chant de paix.

Elle murmure dans ce parc des Cordeliers où il ne se passe rien. Je m'interroge sur ce qui soudain me rappelle ces voyages déjà lointains. La Furieuse fouille dans ma vie, Je pense aux couchers de soleil à Procida, à Bologne où je n'ai pas eu le courage d'aller vivre, à la nuit profonde d'Irkoutsk où seule la rue Lénine irradiait de lumière, à toutes les images qui m'habitent, tandis que la Furieuse poursuit sa course, indifférente et décidée.

Et puis c'est le jour du retour. Déjà.

Madame Hélène, après m'avoir si bien accompagnée pendant mon séjour, me conduit à la gare de Mouchard. Je crois que nous sommes émues, nous évoquons d'autres fois possibles. La gare est minuscule et semble se tasser sous un soleil de plomb.

Lorsque nous échangeons de grands gestes d'adieu, me reviennent les belles images d'un court séjour à Turku, en Finlande, alors que j'étais invitée à un salon du livre, à l'automne 2014. Le président du pays et sa femme avaient convié les auteurs français dans leur résidence d'été, près d'un lac, et nous avaient reçus en toute simplicité et beaucoup d'attentions, sans protocole, sans dispositif de sécurité. Pas de discours solennel du président non plus, des gentillesses traduites par sa femme, qui parlait parfaitement français, des mets succulents, dans une belle maison, simple et sans dorures, une ambiance amicale et joyeuse à laquelle je ne m'attendais pas.

Lorsque nous avions regagné la navette qui nous ramènerait à l'hôtel, j'eus alors la surprise de voir le couple nous accompagner jusque sur la route, et nous faire de grands signes d'adieu. Notant mon étonnement devant tant de simplicité, à laquelle nous ne sommes guère habitués en France, un accompagnateur me chuchota :

À Helsinki, le président sort seul pour aller chercher ses cigarettes, s'arrête sur les trottoirs pour parler aux gens...

J'aurais aimé le raconter à madame Hélène, qui s'éloignait déjà dans sa voiture, dont le rouge vif mettait une note de gaîté sur la route qui l'emportait. J'aime quand les souvenirs de voyages se faufilent dans des instants de nos vies ordinaires.

À Paris, je ne suis pas retournée tout de suite sur les bords de Seine.

Alors, je fouille dans mes cahiers, je prends celui qui débute en 2015, au moment de l'attentat contre *Charlie Hebdo*.

Plus loin, une carte postale est collée, celle d'un ami, envoyée de Prague. On voit Havel penché à une fenêtre. Salut Havel ! Tu nous manques.

Sur la même page, Henri Calet est assis sur la pente escarpée d'une montagne en juin 1943, à Andance. J'ai tous ses livres en tête. C'est vraiment un ami.

J'aime les retrouvailles hasardeuses que contiennent mes cahiers, les revisiter me donne chaque fois un peu d'élan lorsque le vague des jours me submerge.

Je pensais déjà à la Furieuse cette année-là, mais j'avais d'autres projets, je partais à Lviv et à Odessa. Aujourd'hui je m'invente des images insupportables de ces villes assiégées.

Je croise aussi une photographie de Rivette avec Juliet Berto et Dominique Labourier, ils sont radieux, c'est le tournage de *Céline et Julie vont en bateau*. Rivette s'est éteint le 29 janvier 2016. C'est aussi l'effondrement de tout un monde qui me poursuit dans ces cahiers.

En haut de la page datée du 27 février, je lis :

L'écriture est revenue, mon ciel intérieur a retrouvé la lumière.

La journée peut commencer.

Parfois cet exercice du journal ressemble au rite de la prière, aux gestes rassurants. Lorsque je boude ce rituel pendant quelque temps, je le reprends avec appréhension, comme si les jours qui avaient sombré en silence avaient tissé une nuit infranchissable. Je n'ai plus l'élan du début, je m'abandonne alors à la fuite du temps avec un sentiment d'impuissance parfois douloureux.

Odessa a été bombardée. Je pense à toutes celles et tous ceux que j'ai rencontrés là-bas lors de mon court passage. Des images de la ville surgissent, d'autres du train de nuit de Lviv à Odessa, de la rencontre à l'Institut français. Je revois aussi Lviv, si jolie, avec pourtant les cicatrices de la dernière guerre, le marché sur les ruines du cimetière juif anéanti, mais aussi la magnifique bibliothèque et ses caves pleines de merveilles, et qui avaient servi d'abri pendant la guerre.

À la radio, j'entends Andreï Kourkov depuis une ville proche de Kiev, qui s'apprête à regagner un abri avec sa femme. Il y a dans sa voix le courage qui donne à ce peuple son élégante résistance. Je viens de lire *Les Abeilles grises,* toute la souffrance d'un monde où les êtres n'ont aucune valeur, où la vie n'a aucune valeur. J'entends aussi que la Roumanie propose, malgré sa pauvreté, de recevoir quelques milliers de réfugiés. Je me souviens alors de Cluj-Napoca, d'une rencontre avec des étudiants, de mon court passage dans les Carpates chez des amis, des merveilleuses soupes chez les paysans qui me réchauffent encore le cœur.

Ces souvenirs m'entraînent au bord de mes précipices, avec mes ombres, que les images de la rivière promènent et font disparaître.

Une phrase me revient de *La Force des choses* :

> *J'assistais, impuissante, au jeu des forces étrangères : l'histoire, le temps, la mort. […] Hostile à cette société à laquelle j'appartenais, bannie par l'âge, de l'avenir, dépouillée fibre par fibre du passé, je me réduisais à ma présence nue. Quelle glace.*

Ces mots terribles me font peur, ils rôdent parfois en moi, tentateurs et suicidaires. Je n'ai pas toujours la force de les chasser.

Je sors malgré la pluie.

J'entre au jardin du Luxembourg, que j'imaginais désert. Il y règne un délicieux parfum d'herbe coupée et de fleurs mouillées. Je m'arrête quelques instants près de la pelouse qui fait face au verger, ma préférée. Des corneilles déchaînées fouillent la terre et semblent faire un festin. Puis je m'engage dans une allée où, soudain, surgit un petit bataillon de marcheurs et marcheuses frénétiques, avec bâtons frappant le sol et regards fixes vers un horizon vague. Étrange et presque inquiétant spectacle.

DÉSORMAIS, lorsque je longe les quais, le roucoulement de la Furieuse se joint à la Seine, moins bavarde.

Je n'aime pas cette inquiétude qui me vient lorsqu'un texte me semble être abouti. J'ai du mal à le quitter. Je ne suis nulle part, un peu perdue.

Me vient alors l'idée que j'aurais pu relire aussi *La Grande Beune* de Pierre Michon, qui, de cet affluent de la Vézère, a fait un si bel emportement littéraire, troublant, où la nature qu'il décrit ressemble à certaines œuvres de Courbet, où Yvonne aurait pu être un de ses modèles.

Les images se mêlent, les paysages se superposent, je suis ici et ailleurs, comme souvent. Et j'imagine que mes errances dans les rues de Paris ne seront pas tout à fait les mêmes. Comme après chaque voyage, pendant un temps plus ou moins long, j'avance dans un désordre intime.

La Seine est tranquille. Des corps sont allongés sur le quai d'en face, d'autres trottent sans fin et la chaude rumeur de la ville accompagne ce théâtre estival.

Je marche sous le ciel lourd, le Jardin des plantes n'est plus très loin. Je pense à ma forêt de poche, au parc des Cordeliers, à la Loue qui semble porter le musée Courbet à Ornans, à la source du Lison, à l'enfance de Courbet, au silence éternel du petit étang. Je n'ai rien écrit dans mon journal depuis plusieurs semaines, comme si je n'étais plus dans ce présent qui m'inquiète, comme si j'avais déserté avec tous ceux et celles qui me manquent, comme si j'habitais désormais dans un autre monde.

Ma forêt de poche et son silence m'apaisent. La nature échevelée qui se blottit dans cet espace me rassure. J'y viens de plus en plus souvent. Parfois je reste longtemps à perdre mon regard dans son mystère.

Je me souviens de la première image de *La Jetée* de Chris Marker, une ville anéantie par la guerre, ou la catastrophe nucléaire qui arrivera peut-être un jour. Dans ce photo-roman, comme l'avait défini son auteur, l'homme dont on fouille la mémoire retrouve l'image de son enfance, qui le poursuit depuis toujours.

Celle qui ne me quittera jamais est celle du petit étang, de son silence, de Léon et Mathilde, que la Furieuse a réveillée en moi. C'est l'origine du monde qui est le mien.

Textes Cités

– Bachelard, Gaston, *L'Eau et les Rêves,* Librairie José Corti, 1942

– Barthes, Roland, *Roland Barthes par Roland Barthes*, Le Seuil, coll. « Écrivains de toujours », 1975

– Borbély, Szlilárd, *La Miséricorde des cœurs,* Christian Bourgois éditeur, 2015

– Bosc, David, *La Claire Fontaine,* Verdier, 2013

– Dabit, Eugène, *Ville lumière,* Le Dilettante, 1987

– De Beauvoir, Simone, *La Force des choses,* Folio, 2017

– Desborde, Michèle, *Les Petites Terres,* Verdier, 2008

– Gracq, Julien, *Les Eaux étroites,* José Corti, 2008

– Kauffman, Jean-Paul, *Remonter la Marne,* Fayard, 2013

– Kinsky, Esther, *La Rivière,* Gallimard, 2017

– Laporte, René, *Hôtel de la solitude,* Le Dilettante, 2012

– Magris, Claudio, *Danube,* Gallimard, 1988

– Mingarelli, Hubert, *Une rivière verte et silencieuse,* Le Seuil, 1999

– Pavese, Cesare, *Le Bel Été,* Gallimard, 2010

DE LA MÊME AUTEURE *(suite)*

CHEZ D'AUTRES ÉDITEURS

LA BELLE INUTILE
Le Rocher, 1991

UN HOMME ASSIS
Manya, 1993 ; Librio, 2000

UNE SIMPLE CHUTE
Actes Sud, Babel noir, 1997

QUE LA NUIT DEMEURE
Actes Sud, Babel noir, 1999

MAIS D'OÙ VENEZ-VOUS ?
avec Sylvie Granotier
Le Seuil, 2010

DISPARITIONS BUCOLIQUES
avec Gianni Burattoni
Gallimard, Le Promeneur/Musée de la chasse et de la nature, 2010

OÙ SONT LES ARBRES ?
avec Gianni Burattoni
Circa 1924, 2013

INQUIÉTUDE
avec Ugo Bienvenu
Les éditions du Chemin de fer, 2016

ACHEVÉ D'IMPRIMER
EN NOVEMBRE 2022
SUR LES PRESSES
DE
L'IMPRIMERIE F. PAILLART
À ABBEVILLE
POUR LE COMPTE
DE SABINE WESPIESER ÉDITEUR

IMPRIMÉ EN FRANCE

NUMÉRO D'ÉDITEUR : 214
ISBN : 978-2-84805-469-8
DÉPOT LÉGAL : FÉVRIER 2023